ÉRIC BRAMPTON

Éditions ThoT
3, quai du Drac
38600 FONTAINE
www.editionsthot.com
editionsthot@yahoo.fr
Mise en page : Tommy Redolfi

ISBN : 978-2-84921-191-5

ÉRIC BRAMPTON
ou l'humanisation par diogénisation

de François Osmont Brami

Éditions ThoT

À ma mère et à ma grand-mère
pour tout ce qu'elles ont fait pour moi.
Puissent-elles me pardonner
pour tout ce que je n'ai pas fait pour elles.

ÉRIC BRAMPTON

ou l'humanisation par diogénisation

Livre 1

Objectif humanisme dans un monde d'humanoïdes 9

Livre 2

Sur la rivière avec le Chien, Che et Alexandre 47

Une nouvelle aventure 51
À vos ordres mon commandant ! 56
Lit et ratures 59
Qui ronflera verra 68
Terre ! 70
La Déesse inconnue 78
Contrebandier malgré moi 94
Un bain divin 104
Une mousse pour mon mousse ! 108
La rivière 127
Un nouvel homme 152
Le dernier refuge de la Mère 157

Annexes

Annexe 1 : Anecdotes et citations 163
Annexe 2 : Carte de voyage d'Éric Brampton 169
Bibliographie 173

Livre 1

Objectif humanisme dans un monde d'humanoïdes

Le modèle de Salvalon[1] :

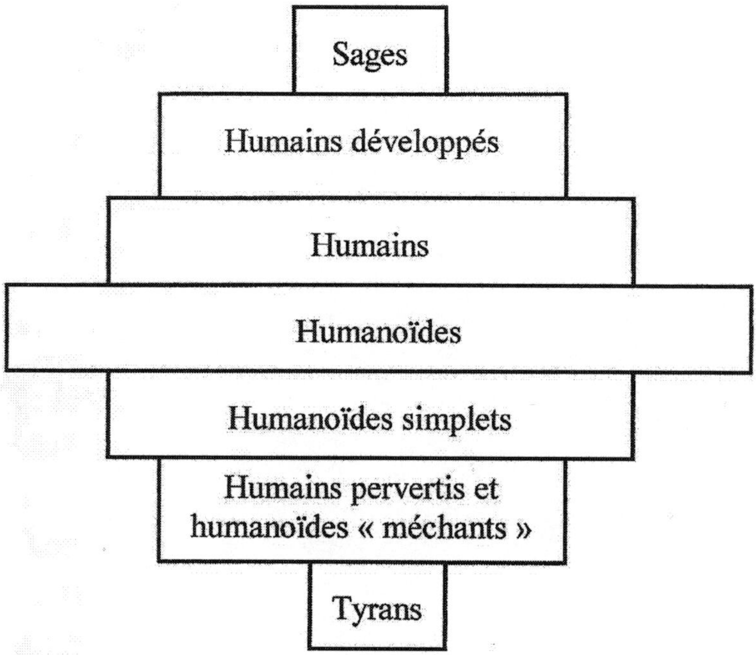

[1] Extrait de *European Target,* n° 42, février 2061.

« Sénateur Brampton, Maître, enfin je vous trouve.

— Tiens, voilà mon jeune Gaspé, quel vent déchaîné te porte jusqu'à moi ?

— Maître, je viens d'apprendre pour Salvalon...

— À vrai dire, je t'attendais, calme-toi, assieds-toi avec moi et prends donc un de ces affreux cafés artificiels. Assieds-toi, te dis-je. As-tu déjà bu un vrai café, quand on en trouvait encore ?

— Euh... oui, quelques fois, mais...

— Quel délice, hein ?

— Oui, mais...

— *Mais, mais* arrête avec tes *mais*, détends-toi, reprends ton souffle. Cela dit, je me souviens : étant jeune, j'allais toujours boire le café chez l'un de mes amis et crois-moi, c'est bien pour l'amitié que je lui portais que j'y allais, car son café était le plus mauvais de tout ce que j'ai pu boire dans ma longue vie. C'était du vrai café, mais ce café artificiel est pourtant bien meilleur. Tu vois, il faut toujours relativiser.

— Oui, Maître.

— Ne t'ai-je pas pourtant dit cent fois de ne plus m'appeler Maître toutes les cinq minutes ?

— Désolé, M...

— Bon, oui, je sais pour Salvalon. Il est venu me voir deux jours avant de lancer sa microcassette sur le marché ; nous avons longuement discuté. Il était conscient de l'effet qu'elle allait produire et des conséquences possibles de ses actes. Nous avions prévu que le sénateur Döllinger sauterait sur l'occasion pour essayer de le faire rayer du Conseil des Sages. Ne serait-ce donc pas là, cette grande nouvelle que tu m'apportes ?

— Oui, M...

— De toute façon ce n'est plus un secret, tout le monde en parle. Ah oui ! Il m'a aussi demandé de le défendre devant la Grande Assemblée de la Confédération. La séance ouvre dans une petite heure maintenant. Tu vois, la journée va être longue et mouvementée. J'espère que tu es au mieux de ta forme, car tu vas devoir épauler ma vieille carcasse pour ce qui sera sûrement sa dernière grande bataille.

— Il ne faut pas dire cela, voyons ; de plus, le philosophe Salvalon n'aurait pas pu choisir meilleur défenseur, vous, le doyen du Conseil des Sages, reconnu et respecté de tous.

— Respecté de tous ? Moi que l'on traite dans mon dos de vieux sénile, d'emmerdeur à demi fossilisé. Certains aimeraient ne pas me voir fêter mes quatre-vingt-dix ans. Moi-même je me sens las, mais pour notre ami philosophe, je réunirai mes dernières forces, puisqu'il m'a choisi pour plaider sa cause. Je l'ai quand même averti : j'agirai comme d'habitude, en essayant d'être le plus juste et le plus objectif possible. Il ne faut attendre aucun favoritisme de ma part ; quels que soient les sentiments que j'éprouve pour ce singulier personnage, s'il a commis des fautes, il devra en répondre. Je dois te confier que je me sens un peu responsable, car tant de fois je lui ai dit que ses textes n'étaient pas assez engagés, que quand il s'agit de défendre l'humanisme, il n'y a pas de mots trop puissants, qu'il ne faut pas avoir peur de choquer, de provoquer pour faire réagir les gens, d'aiguiser son cynisme. Et voilà qu'il nous pond une petite bombe, qui ne manquera pas de faire mouche. Sa seule faute à mes yeux est d'avoir décidé de la faire publier tout en étant encore en fonction. Il vient de s'attirer de nombreux ennemis au sein de la Confédération.

— Mais n'avez-vous pas peur de vous attirer à votre tour les foudres de ces mêmes ennemis, en le défendant ?

— Peur, non. Qu'est-ce que je risque à mon âge ? De plus, je me suis toujours engagé auprès du juste et non pas du plus fort, et Salvalon est un être bon et juste. Il n'a jamais trahi notre combat. Il ne pensait pas à mal en créant son modèle, bien au contraire. Il m'a confié qu'il ne regrettait et ne regretterait rien. Il ne se serait plus jamais considéré comme philosophe s'il avait agi autrement. Quel genre de philosophe renierait ses écrits parce qu'il se pourrait qu'ils déplaisent, ou même parce qu'ils engendreraient des risques. Il a été courageux et honnête envers lui-même et donc envers les autres, il peut compter sur moi quoiqu'il advienne.

— Mais pourquoi ne pas m'avoir mis dans la confidence, j'aurais pu venir vous assister dans la préparation du dossier de la défense ?

— Tout simplement parce qu'il n'y a pas de dossier de la défense, je n'ai rien préparé.

— Rien ? mais...

— Voilà les *mais* qui reviennent ! Calme-toi, j'ai quand même quelques petites idées en tête.

— Le sénateur Döllinger a dû travailler comme un fou, lui, de son côté.

— Comme un fou, oui, je n'en doute pas. Finissons nos cafés et rejoignons la salle de la Grande Assemblée. Tu sais que je me déplace assez lentement, n'arrivons pas en retard pour ce grand rendez-vous.

— Oui Maître.

— Grrrr !

— Euh, allons-y, je vais vous aider.

— Merci, nous continuerons à discuter en marchant. Sais-tu que c'est ce cher Aristide qui présidera l'Assemblée aujourd'hui ? Hé oui, notre Président Delatour s'est fait porter pâle, il nous envoie donc son bras droit pour le remplacer. En fait, je le soupçonne fortement de chercher à éviter les embrouilles : cette affaire ne lui plaît guère, il sait que l'Assemblée sera sûrement agitée et qui sait ce qui peut se passer ? Avec les élections qui approchent, et les grandes ambitions qui sont les siennes, ce n'est pas le moment de prendre des risques.

— Oui, je vois, cela ne m'étonne pas de lui.

— Bah ! Ce n'est pas un mauvais bougre, il est juste un peu nombriliste. De plus, Aristide est un personnage sympathique, assez sage pour quelqu'un de l'exécutif, cela ne fera que détendre un peu l'atmosphère, car Delatour nous crispe tous un peu même si personne n'ose le dire. Quant à Salvalon, je lui ai demandé d'envoyer son secrétaire à sa place, cela aussi apaisera les tensions. De toute façon, je ne crois pas qu'il débordait d'envie de venir ; de plus la séance sera retransmise sur le canal 265. Tiens, prenons l'ascenseur. Je me rends directement à la tribune : j'ai demandé au Président Aristide la permission d'attendre le moment de mon intervention sur le côté de celle-ci, cela m'évitant de descendre de mon box et d'avoir toutes ces marches à affronter. Avantage de vieillard, il a poliment accepté.

— C'est la moindre des choses. Je vous accompagne à la tribune, puis je rejoindrai votre box pour suivre votre plaidoirie.

— Tu peux dire notre box, tu y es aussi souvent que moi si ce n'est plus et un jour, ce sera peut-être le tien quand tu seras un vieux croûton comme moi, hé, hé !

— Attention, l'ascenseur arrive. Allez-y, Maître, après vous.

— Merci mon jeune ami. As-tu remarqué, Gaspé, que depuis ce matin les sénateurs de l'entière Confédération semblent vouloir m'éviter ? Tous ceux que l'on a croisés dans les couloirs se sont contentés de me saluer avec courtoisie et respect d'une inclinaison de tête, mais personne n'est venu me serrer la main ou me parler. Ils ont peur de se compromettre avec moi, ils se méfient car ils ne savent pas quel sera mon discours. Normalement, il y en a toujours qui ont besoin d'un conseil, d'un avis sur telle ou telle question, mais étrangement aujourd'hui, rien. Quelle bande de faux culs ! Tu vois, le monde n'a cessé d'évoluer ou de régresser, en tout cas de changer, pourtant s'il y a une chose qui n'a pas changé, une véritable constante, c'est bien les politiciens. Depuis la Rome antique jusqu'à nos jours, ils sont toujours aussi faux, intéressés, nombrilistes et égocentriques. C'est pour cela qu'ils sont aussi prévisibles et c'est un avantage pour nous, n'est-ce pas ?

— Oui Maître, mais c'est quand même dommage.

— J'en connais un autre qui ne change pas, j'ai eu droit à un *Maître* et à un *mais* dans la même courte phrase. Ne fais pas cette tête, je te taquine. D'ailleurs, je voulais justement te parler d'une chose, sans que tu te vexes, mais tu vois depuis le modèle de Salvalon quelque chose me gène un peu. Bon ! Comment pourrais-je te dire cela ? En fait, voilà. Depuis combien de temps travailles-tu avec moi ?

— Cinq ans ou cinq ans et demi, je ne sais pas exactement. Attendez que je réfléchisse...

— Ne prends pas cette peine, la durée exacte n'a pas d'importance. En résumé, cela commence à faire un bon moment, non ?

— Euh ! oui mais...

— Et je sais que tu te plais dans ton travail, vu comme tu t'investis. Je dois te dire que tu es de loin le meilleur élève que j'aie eu dans ma carrière, et il y en eut, crois-moi. D'après Salvalon et son modèle, être humain engendre des responsabilités, des devoirs. De plus, pour être humain, il faut remplir de nombreuses conditions, comme le respect de soi-même, le respect des autres et la liste est longue. Toi, tu les remplis toutes, à ce que je sache. Tu serais même un humain presque parfait, et cela seulement parce que la perfection n'est pas humaine.

— C'est trop d'honneur, Maître, que de vous entendre parler ainsi de ma personne. Mais si quelqu'un s'approche de la perfection en matière d'humanisme, cela ne peut être que vous, je ne suis que votre élève et il me reste encore tant à apprendre.

— Non, écoute, tu vas comprendre où je veux en venir, enfin je l'espère. Comme tu le sais, je me fous des compliments, et j'en ai souvent été avare à ton égard, car pour moi l'homme doit être humble et se considérer avec modestie. L'humilité, Gaspé, l'humilité est une leçon d'humanisme à elle seule. Enfin, je continue. Je disais donc que je vois en toi un humain presque parfait, pourtant vois-tu un humain presque parfait ne peut, à mes yeux, en être un s'il ne possède pas quelques autres petites choses qui sont d'ailleurs dures à définir puisque dans leur sens, elles tendent plutôt vers l'imperfection. Je vois que cela te laisse perplexe, ce sont des choses difficiles à expliquer en marchant dans un couloir, mais tu vas comprendre. En fait, je me trouve devant un petit dilemme, pour moi qui me suis toujours battu pour que les hommes progressent dans l'humanisme, l'amour, le respect, en insistant sur la courtoisie, la politesse, car ces valeurs avaient pratiquement disparu des sociétés de mon époque. On m'a d'ailleurs souvent alors traité de rabat-joie, d'emmerdeur moraliste. Mais c'était une condition essentielle pour un retour au respect et à une société plus civilisée, plus humaine. Nous nous sommes investis pour que l'éducation de nos enfants, tant au niveau des parents que de nos écoles, aille dans le bon sens. Et nous avons obtenu de bons résultats, même s'il reste encore beaucoup à faire. Je te vois de plus en plus perplexe, mais me voilà qui arrive au vif du sujet. Ne t'inquiète pas, il n'y en a plus pour longtemps.

— C'est toujours pour moi un grand honneur que de vous écouter Maître.

— Oui ? Alors écoute bien. Ce que je veux te dire, c'est qu'il est assez paradoxal pour moi de devoir aujourd'hui te reprocher de ne pas faire des choses que je combats par ailleurs chez l'être humain. En fait, je me vois dans l'obligation, moi à mon âge, de te dévergonder un peu, toi le jeune. C'est quand même incroyable, non ?

— Me... me dévergonder ?

— Oui. Vois-tu, tu t'approches tant de la perfection que parfois, tu agis froidement, comme une machine perfectionnée. Or, je n'ai jamais voulu une société froide, mécanisée. Je veux des humains, dans une société humaniste qui respire la chaleur humaine. Ne le prends pas mal. Je te l'ai dit, tu es le meilleur élève qu'un Maître puisse avoir : tu es très intelligent, travailleur, aimable et respectueux, tu crois vraiment en l'humanisme car tu l'appliques chaque jour. Toutefois, il faut te détendre, parfois être plus léger, user de plus d'humour, tu vois ? La chaleur humaine, quoi !

— Bien sûr Maître, je vois très bien.

— Alors pourquoi toujours ce sérieux, froid et pesant ? Je sais, j'ai souvent critiqué certains sénateurs arrivistes et parfois corrompus pour leur manque de sérieux, alors que le peuple leur faisait confiance. J'ai souvent dit que nous appartenions au peuple et qu'il nous fallait travailler sans relâche pour faire évoluer la société dans le bon sens, jusqu'à en oublier nos propres vies. Nous pouvons le faire et quand même nous donner de brefs temps de détente, rigoler. Tiens, prends l'exemple du sénateur Faraday. Bon, d'accord, il en fait un peu trop. Il est parfois un peu lourd, mais sa présence est agréable et d'ailleurs son humour t'a souvent fait rire, ne dis pas le contraire.

— Oui, c'est vrai, c'est un personnage.

— Et pourtant crois-moi, sous ses airs décontractés et un peu rustres, se cache un fin tacticien, un homme d'une intelligence incroyable et un politicien de génie, courageux et d'une grande honnêteté. Il a beaucoup à t'apprendre, et justement ce genre de choses que je n'ai pas pu ou su te transmettre.

— Essayez-vous de me dire que vous aimeriez me voir rentrer dans l'équipe du sénateur Faraday ?

— Disons que je pense que tu n'as plus vraiment à apprendre du Conseil des Sages. Ta place, vu ton âge et maintenant tes compétences, est dans l'exécutif. Là tu pourras vraiment exploiter ces compétences et monter rapidement dans la hiérarchie. Tu reviendras au Conseil des Sages si tu le désires quand tu seras aussi rabougri que nous tous.

— Laissez-moi vous dire, Maître, que s'il est vrai que parfois le Conseil par son action lente et réfléchie m'exaspère un peu, j'aimerais agir plus, pouvoir réaliser ou du moins proposer certaines de mes idées. J'ai encore beaucoup à apprendre de vous tous, surtout de vous, Maître. Vous êtes un puits de connaissances, un puits dont le fond est insondable. À moins que vous ne me l'ordonniez, je ne vous quitterai pas et si je devais le faire, ce serait contre mon gré.

— Holà, holà ! Du calme mon jeune ami, il n'est pas question de t'ordonner quoi que ce soit, tu es libre de décider, et moi aussi j'apprécie ta compagnie et notre collaboration professionnelle. Je pense juste que le moment est venu à l'oiseau de quitter le nid. De plus, tu auras eu un début de carrière politique atypique, car comme tu le sais, je suis le seul parmi ceux du Conseil à accepter de jeunes élèves et stagiaires tout fraîchement diplômés. Tu as eu la chance de débuter par la fin, au Conseil des Sages sous l'égide de son trop vieux doyen. Il est peut-être temps de reprendre le cours normal des choses. Un jeune homme de trente-et-un ans doué comme tu l'es a sa place dans une des meilleures équipes de l'exécutif. Comme tu le sais, Faraday est un homme respecté, même craint par ses adversaires potentiels, un homme influent dont le pouvoir au sein de notre grande Confédération européenne est reconnu de tous. Te rends-tu compte de la puissance de notre Confédération ? Trente-deux états unifiés, c'est quelque chose d'incroyable pour moi qui ai connu les débuts de l'Union européenne. Je ne crois pas que tu te rendes compte de l'importance du poste qui t'est proposé ; ce sont de lourdes responsabilités qui t'attendent si tu les acceptes. C'est une opportunité incroyable !

— Oui, je le sais Maître, mais vous m'avez appris à ne pas être opportuniste, à savoir déterminer mes priorités. Je sais que mon parcours a été jusqu'à maintenant peu conventionnel, voire unique, cela grâce à vous. Je suis aussi conscient que cela m'a amené une base d'une valeur inestimable à mes yeux, une base qui me servira toute la vie à progresser dans le bon sens, cela encore grâce à vous, Maître, et je veux donc rester à vos côtés pour continuer à enrichir cette base.

— Bon Dieu ! Qui m'a envoyé un têtu pareil ? Bon, on reparlera de tout cela plus tard, voilà que nous arrivons au couloir qui mène à la tribune.

— Oui, mais je suis navré de vous dire que ma décision est prise, je n'en changerai pas.

— Plus têtu que la plus têtue des mules, bon sang ! Juste pour revenir à ton dévergondage, dis-moi, as-tu une petite amie en dehors de nos murs ?

— Maître, voyons !

— Tu es peut-être différent quand tu rentres chez toi le soir, peut-être n'es-tu sérieux qu'ici et en ma présence ? Tu passes peut-être tes soirées à boire de ces alcools de synthèse dans ces clubs dont j'ai entendu parler. Tu sais, ceux avec toutes ces danseuses nues ! Qui sait ? Hé ! hé !

— Voyons, Maître, un peu de sérieux, nous voilà arrivés. Si cela vous fait plaisir, je vous parlerai de ma vie privée, mais plus tard. Pour l'instant, il vous faut vous concentrer, pensez à Salvalon, il a besoin de vous.

— Quel sérieux, quelle sagesse ! Parfois je me demande qui est le Maître. L'élève en vient à dépasser le Maître, c'est dans l'ordre des choses. Tu as raison. Allez, entrons dans l'arène. Mais n'oublie pas, tu m'as promis de me raconter ta vie privée plus tard, hé ! hé ! hé !

— Vous êtes incorrigible... Après vous.

— Brampton vieux pervers, enfin vous voilà !

— Tiens, tu vois, Gaspé, quand on parle du loup, il n'est jamais bien loin.

— Le Président Aristide m'a dit que vous seriez près de la tribune, j'étais impatient de vous voir arriver car tout le monde est là, à part ce cher Aristide qui ne saurait tarder.

— Bonjour, mon cher Gaspé, heureux de vous voir, toujours fidèle au poste.

— Bonjour, sénateur Faraday.

— Vous savez cher ami que je me déplace lentement maintenant, et nous avons eu avec mon élève prodige d'intéressantes discussions de couloir en venant jusqu'ici.

— Je n'en doute pas une seconde, d'ailleurs je parlais de vous deux avec Hilman en attendant votre arrivée. On ne va tout de même pas se laisser faire par cette fouine de Döllinger, hein Gaspé ?

— Certes non sénateur !

— Bon c'est bien, ne vous inquiétez pas Brampton tout va bien se passer, ce n'est pas au très vieux singe que l'on apprend à faire la grimace. Venez Gaspé je vous invite à partager mon box avec les membres de mon équipe, où vous serez mieux que seul dans le box de votre Maître, allons-y le Président ne va pas tarder et notre vieux sage a besoin de se concentrer.

— Oui, je vais m'asseoir un peu en attendant, vas-y Gaspé c'est une bonne idée, on se retrouvera à la pause.

— D'accord, bonne chance Maître, je suis de tout cœur avec vous.

— Merci Gaspé.

— Oui, bonne chance sénateur Brampton vous les aurez tous, c'est évident.

— Merci Faraday, moi aussi je crois en la justice des hommes ».

Après avoir rejoint le box du sénateur Faraday et avoir été présenté à toute l'équipe de ce dernier, cinq personnes plutôt jeunes et sympathiques, Gaspé prit place sur le siège qui jouxtait l'escalier. À sa gauche s'était assis William, le conseiller en stratégie économique, un homme d'à peine quarante ans, qui, malgré son teint blafard et le minuscule et mystérieux regard de ses yeux de taupe que l'on devinait derrière de sobres demi-lunes, avait fait un accueil chaleureux à Gaspé, lui offrant une puissante poignée de main et un sourire sincère.

Gaspé était soulagé d'être assis un peu à l'écart et à côté du personnage qui semblait le moins bavard de l'équipe. Il aurait préféré savourer seul cet événement dans le box de Brampton, mais cela semblait faire plaisir à ce dernier et il n'avait pas non plus voulu vexer Faraday, celui-ci ayant toujours été d'une grande gentillesse envers lui et son Maître. De plus, c'était une occasion de rencontrer de nouvelles personnes qu'il serait sûrement amené à fréquenter dans un futur proche.

Mais pour l'instant une seule chose le préoccupait : l'intervention de son Maître à la tribune.

Gaspé était ailleurs, il naviguait au travers de ses pensées, même le brouhaha lancinant de tous ces hommes discutant debout ou assis dans les box ou encore dans les escaliers lui paraissait lointain.

Il élaborait déjà les divers scénarios possibles, il craignait une défaillance, une incompréhension, une erreur, une catastrophe, une... Mais que pouvait-il arriver ? Brampton n'était-t-il pas un sage ? Même s'il a toujours réfuté cette appellation. Seuls les discours échafaudés sur des mensonges peuvent s'effondrer et se retourner contre l'orateur. Le sénateur, lui, serait, comme à son habitude, sincère et honnête, il se contenterait d'énoncer les faits, de défendre ce qui est défendable, de dénoncer ce qui est condamnable, rien de plus. Il resterait toujours fidèle à lui-même et aux préceptes diogénistes. Alors que risquait-t-il ? Rien, rien de plus que jusqu'à ce jour. Pourtant, même si Brampton avait l'air serein et confiant, Gaspé ne pouvait pas s'empêcher de penser que quelque chose n'allait pas. Il y avait vraiment quelque chose de différent chez le vieux sénateur aujourd'hui, mais quoi ?

Alors qu'il se creusait la tête, il s'aperçut que tout le monde se levait. Il en fit de même en revenant à la réalité du moment, constatant que le Président Aristide venait d'être annoncé et qu'il apparaissait déjà montant les escaliers de la tribune avec énergie, son visage était celui d'un gentil professeur sans grande autorité, sachant qu'il va faire cours à une grosse classe de cancres turbulents, on pouvait y lire l'appréhension d'un pénible moment à passer.

Comme à chaque fois qu'il y venait, Gaspé était impressionné par cet immense hémicycle et encore plus par l'idée qu'un jour viendrait où il devrait prendre la parole de cette petite tribune faisant face à une montagne de visages, une vision terrifiante.

Brampton lui, même s'il ne prenait que rarement la parole à la tribune, ne semblait pas impressionné le moins du monde, on aurait même dit qu'il s'était endormi sur sa chaise proche de l'escalier de droite. En effet, le rôle des membres du Conseil des Sages n'est pas de débattre à la tribune, ce dernier n'a aucun pouvoir direct, il se contente de conseiller, de surveiller, de contrôler et d'avertir. On dit parfois qu'il est le « gilet pare-balles » de la démocratie. Toutefois, son pouvoir réside dans la publication obligatoire et accessible à tous de ses constatations et avertissements, ainsi quiconque déciderait de faire passer un projet de loi « épinglé » par le Conseil des Sages s'exposerait à une mise à l'index pour « politique non démocratique » de la part d'une partie de la Grande Assemblée, mais surtout de la population de l'entière Confédération européenne, c'est donc un pouvoir redoutable, car personne n'a jamais osé aller à l'encontre du Conseil. Il y eut certes, de sévères confrontations, surtout au plus fort de la Grande Crise, Éric Brampton avait alors dû quelques fois monter au créneau et livrer une guerre sans merci à tous ses adversaires, mais surtout à ceux qui lui apparaissaient comme les ennemis de notre fragile démocratie et de l'essence même de tous ses idéaux humanistes. Il détruisait avec force de conviction, un à un tous les arguments contestables des discours adverses, cela à grands coups de dialectiques, à grand renfort d'exemples historiques, de citations philosophiques, s'appuyant sur son impressionnante connaissance de la géopolitique, de comparaisons critiques de systèmes idéologiques. Et toute cette indigeste soupe didactique était agrémentée de douloureuses critiques savamment ciblées et pour épicer le tout il n'hésitait jamais à enfoncer le clou par l'usage de la dérision et d'un humour aussi fracassant que corrosif. Ses discours fleuves étaient alors craints de tous, tant ils étaient indémontables, bourrés d'une incroyable énergie et d'une sincérité à toute épreuve. Voilà pourquoi chaque apparition du sénateur Éric Brampton à la tribune est considérée comme un événement et d'autant plus qu'il n'y est pas apparu directement depuis de nombreuses années.

Aujourd'hui les choses sont bien différentes, Brampton n'a plus ses soixante ans de la « Grande Époque », la stabilité s'installe au fur et à mesure que cette sombre période de confusion, de tentations dictatoriales s'éloigne, la démocratie semble sauvée. Mais si le sénateur est vieux et fatigué, s'il a troqué « l'épée » pour la « canne » et qu'on le dit même très malade, son cerveau est toujours alerte, son œil vif et tant qu'il est là la démocratie et l'humanisme diogénien n'ont pas de souci à se faire, le vieux veille.

Tout le monde s'était désormais assis les yeux rivés vers la tribune. Après avoir discrètement tapoté sur ses microphones et s'être deux fois raclé la gorge pour s'assurer d'une voix claire et franche, Aristide prit la parole :

« Sénatrices, sénateurs, mesdames et messieurs comme vous devez déjà le savoir, le Président Marc Delatour m'a demandé de le remplacer à la présidence de notre Grande Assemblée européenne pour quelques jours. Il s'excuse auprès de nous tous, mais une méchante grippe le retient chez lui, aussi il requiert votre indulgence ainsi que votre compréhension pour cet ennuyeux empêchement étranger, croyez-le bien, à sa volonté.

Quelques rires moqueurs se firent entendre dans l'assemblée, Aristide feignant de n'avoir rien entendu continua :

— Après tout notre cher Président n'est qu'un homme, nous ne pouvons que lui souhaiter un bon rétablissement. Je présiderai donc jusqu'à son retour prochain. Nous sommes aujourd'hui réunis pour une affaire un peu spéciale, aussi je préfère vous avertir que les ordres du jour originellement programmés sont maintenus car nous ne pouvons pas nous permettre de prendre du retard. C'est pourquoi je souhaiterais que nous ne nous éternisions pas sur cette première affaire, même si je peux comprendre qu'elle passionne quelques uns d'entre vous. Je tiens aussi à prévenir que des consignes très strictes ont été données par monsieur Delatour. Je n'hésiterai pas à renvoyer certains d'entre vous qui troubleraient la sérénité de l'assemblée ou qui gêneraient le discours des intervenants par des nuisances inopportunes, ces derniers ne pourront revenir que pour le vote après la fin des interventions. Je n'hésiterai pas non plus à reporter l'affaire et à faire évacuer l'ensemble de l'hémicycle si cela s'avère nécessaire. Cela serait une perte de temps irrattrapable et vraiment regrettable. C'est pourquoi je demande à tous de faire preuve de sérieux, de professionnalisme, ainsi que de respect envers nos intervenants et aussi envers tous ceux qui nous suivent devant leurs écrans, car vous êtes, ne l'oubliez pas, les dignes représentants du peuple européen.

Quelques joyeux applaudissements s'élevèrent de l'hémicycle qu'Aristide jugea d'un œil incrédule, ne sachant pas s'il s'agissait d'acquiescements ou de moqueries supplémentaires. Puis il reprit avec calme et sérieux :

— Bon... Comme je l'ai dit, je souhaiterais que cette affaire interne à nos institutions, concernant le philosophe Salvalon, membre actif du Conseil des Sages, soit close dans la matinée. Je déclare donc, en ce jour du 12 mars 2061, la Grande Assemblée des États-Unis d'Europe ouverte.

D'un air solennel Aristide asséna un grand coup de marteau qui résonna comme un coup de feu faisant sursauter quelques êtres pensifs.

— L'affaire que nous allons maintenant aborder est comme je vous l'ai dit un peu spéciale, puisqu'à ma connaissance c'est la première fois que des plaintes sont déposées, demandant la révocation d'un membre du Conseil des Sages, cela pour faute grave. Notre constitution prévoit que dans un tel cas, la décision doit être prise, après intervention des deux parties, par un vote de la Grande Assemblée. Puisque c'est une première, je vais vous énoncer les différentes étapes que nous allons suivre, dans le cadre des textes constitutionnels. Tout d'abord, nous entendrons monsieur le sénateur Éric Brampton, doyen du Conseil des Sages, choisi par monsieur Salvalon pour le représenter et le défendre. Puis après une courte pause, nous entendrons monsieur le sénateur Döllinger qui représentera l'accusation, nous passerons par la suite directement au vote, vous aurez un quart d'heure pour vous décider et voter. Durant les discours des deux intervenants, vos consoles, matrices et microphones seront éteints. Car il s'agit ici de discours et non de débats, je ne les rallumerai qu'au moment du vote. Je crois que tout étant désormais clairement établi, nous pouvons commencer. Y a-t-il des objections ? Non ? Alors, une dernière fois je vous demanderai d'écouter sans intervenir, ne m'obligez pas à faire la police, de plus nous n'avons pas de temps à perdre à cause des comportements infantiles et irrespectueux de certaines personnes. J'appelle à la tribune monsieur le sénateur Éric Brampton ».

Les yeux de Gaspé brillaient d'émotion, il fixait son maître avec inquiétude mais surtout admiration. Le sénateur montait lentement les marches de la tribune, sa démarche et sa posture dénotaient une grande sérénité ainsi qu'une puissante force de caractère. Ah ! Il avait de l'allure le vieux doyen dans son élégante et sobre toge noire, la seule richesse de sa tenue résidait dans les fines broderies dorées qui ornaient discrètement son col, de chaque côté les trois feuilles de chêne entrecroisées d'un singulier rameau d'olivier, symbole du Conseil des Sages. Sa barbe argentée était taillée court et ses fins cheveux tirés en arrière finissaient par un petit chignon à la japonaise, qui n'était pas sans rappeler la fière queue blanche dressée du pur-sang arabe. Il y a une grande classe dans la simplicité pour qui sait l'épouser.

Gaspé avait l'impression de voir un de ces chevaliers Jedi qu'il avait maintes fois vu dans de très vieux films de science-fiction qui avaient traversé les âges avec son maître. Il lui arrivait en effet de temps en temps d'emprunter quelques vieux films à ce dernier pour les regarder chez lui, jusqu'à parfois tard dans la nuit. Le sénateur Brampton prit la parole :

« Tout d'abord je dois vous avouer que... durant un instant, j'ai eu peur que notre cher Président du jour, notre dévoué et estimé sénateur Aristide vous demande d'être bien sages avec le vieillard que je suis aujourd'hui.

Nombreux rires dans l'assemblée, ainsi que quelques applaudissements.

— Pour être plus sérieux mesdames et messieurs, je dois vous dire que c'est avec une certaine émotion que je m'adresse aujourd'hui à vous. En effet, je ne pensais pas un jour revenir discourir du haut de cette familière tribune, source de nombreux et lointains souvenirs. Cela doit bien faire huit ans maintenant que j'y prononçais mon dernier discours. C'était, je m'en rappelle comme si cela avait eu lieu la semaine dernière, pour mon investiture au poste de doyen du Conseil des Sages. Mais qu'est-ce que huit années pour un homme qui en comptera bientôt quatre-vingt-dix. Pourtant certains d'entre vous ne m'ont jamais entendu discourir et ne me connaissent que par renommée. Comment pourrait-il en être autrement ? Cela doit faire maintenant une cinquantaine d'années que je fais corps avec nos institutions. Pour beaucoup je fais partie des murs, je suis le vieux gardien de la résidence.

Nouveaux rires amusés, mais aussi moqueurs.

— Oui, j'avoue qu'il y a du comique dans la situation, d'ailleurs quand j'étais jeune je ne me gênais pas pour me moquer des vieux singes du gouvernement. Mais comme un fidèle ami me le disait encore tout à l'heure, méfiez-vous car ce n'est pas au très vieux singe que l'on apprend à faire la grimace.

Rires et applaudissements, vite atténués par une brève intervention du Président Aristide rappelant tout le monde à l'ordre.

— Mais vous savez cette image d'entité immuable, acquise dans la réalité temporelle et momentanée de nos institutions gouvernementales en constante évolution, annonciatrice d'une nouvelle ère, celle où devrait régner démocratie et humanisme, cette image aussi utopique soit-elle ne me dérange pas, bien au contraire. Elle est comme la vue d'un arbre fruitier qui bourgeonne après que l'on a passé une vie entière à s'en occuper avec les plus grands soins, justement dans le but de ce moment tant espéré. Même si nous savons bien qu'en ce moment précis rien n'est encore gagné, car le temps est encore loin où l'on pourra cueillir les fruits savoureux de cette fragile récolte, issue d'un cruel labeur. Alors immuable oui, j'espère l'être resté, fidèle aux idéaux qui furent les miens depuis l'âge de vingt-huit ou vingt-neuf ans, appuyé sur les préceptes de Diogène de Sinope. Je me rappelle ce serment, qui peut paraître ridicule, que je fis à vingt-neuf ans lors de l'écriture de mon premier ouvrage. Ayant du mal à venir à bout de cette tâche que je m'étais fixée et étant souvent assailli de redoutables périodes de doute, sans l'appui de quiconque dans mon entourage, bien au contraire, je me suis alors juré d'être fidèle à mes engagements. Pour être sûr de finaliser ce travail, je me suis alors juré de ne plus me raser, ni de me couper les cheveux jusqu'à ce que j'aie écrit la dernière page de ce modeste livre.

Avalanche de rires dans l'hémicycle.

— Oui vous pouvez rire, mais je m'y suis tenu ! Bien sûr vous pouvez aisément imaginer l'être hirsute que j'étais devenu le jour de cette fameuse dernière page. Mais l'essentiel est d'avoir respecté cet engagement envers moi-même. Je me souviens que dans l'heure qui suivit, je m'acharnais avec une tondeuse sur ma barbe et ma chevelure, double délivrance du travail accompli.

Le Président Aristide intervint de nouveau pour amener le calme et le sérieux, dans ce qui ressemblait désormais, il faut l'avouer, à un public enthousiaste prêt à rire à la moindre incitation, mais Brampton continuait déjà :

— Depuis... depuis ce jour lointain je pense être toujours resté fidèle à mes engagements, même si j'eus maintes fois la tentation d'écrire la dernière page avant le reste, pour contourner mon serment sans le rompre mettant ainsi fin à mon calvaire pilaire.

Mais je n'ai pas cédé à cette tentation naturelle. Aujourd'hui je ne me leurre pas, le vieux coq que je suis devenu est sévèrement déplumé et moins combatif qu'avant, il ne chante plus le matin et peine même à se lever.

Voyant les trois quarts de l'hémicycle se tordre de rire et le clan de l'accusation commencer à s'offusquer de la situation, le Président Aristide sentit les problèmes s'annoncer ce qui le décida à interpeller le sénateur Brampton hors micro :

— Monsieur le sénateur, excusez-moi... Monsieur Brampton s'il vous plaît...

— Oui mon cher Aristide, euh... Oui monsieur le Président.

— Excusez-moi, mais je pense que nous nous éloignons du sujet que l'on devait aborder, et pensez que nous sommes diffusés sur le canal 265.

— Ah, euh... Oui, j'y viens, j'y viens dit-il en reprenant le micro.

— Oui certains d'entre vous doivent se demander qu'est-ce que tout ce que je vous raconte a à voir avec notre affaire. En fait, j'ai déjà commencé à traiter le sujet. Je suis d'ailleurs heureux de voir que cela vous met de joyeuse humeur, car j'aime travailler dans la bonne humeur. Nous pouvons donc aborder la suite avec sérénité, croyez-moi, nous en aurons bien besoin, car cela sera nettement moins drôle.

L'assemblée reprit rapidement son sérieux à ces derniers mots, tout en n'étant pas persuadée que cela allait durer bien longtemps.

— Je tiens d'abord à rassurer les plus âgés d'entre vous. Je serai assez bref aujourd'hui n'ayant plus la forme physique de tenir un long discours comme par le passé. J'ai voulu, pour ce qui sera sûrement la dernière intervention à cette tribune de ma longue vie, renouer avec la plus pure tradition diogéniste. C'est pour cela que je me présente devant vous aujourd'hui sans m'appuyer sur aucune microcassette ou autre support sur lequel mon discours aurait pu apparaître. Cette affaire touche à ce qui fut le combat de toute une vie. Il serait donc décevant de m'apercevoir qu'il me faille m'appuyer sur des écrits pour traiter d'un sujet qui se confond avec ma vie. Mais encore une fois je m'engage à être bref, et l'absence de préparation écrite, je l'espère, renforcera la sincérité de mon discours n'ayant ainsi pas été soumis à la tentation d'élaborer certains stratagèmes, ou simplement de céder en partie par rapport à cette ligne de conduite qui doit être la mienne face au problème qui nous réunit ce matin. J'espère trouver les mots justes pour que mon intervention soit honnête, sincère et dans la plus grande simplicité d'un vocabulaire accessible à tous. J'ai toujours eu une sainte horreur de la langue de bois politicienne. Nous ne sommes pas des verbicrucistes nous adressant à des cruciverbistes ! Nous devons aller droit aux gens, le plus simplement possible et surtout ne pas cacher le sens de nos mots. Certains d'entre nous oublient trop vite que nous ne sommes pas ici pour nous affronter dans des joutes dialectiques, à la recherche du plus bel effet de style, de la plus savante des métaphores ou de la plus troublante des citations. Non, nous ne sommes pas ici pour flatter notre *ego*, nous sommes ici pour travailler et nous servir de nos compétences dans le seul but de faire évoluer cette partie de l'humanité qu'est l'Europe dans le bon sens, et dans le respect de la démocratie, de l'humanisme et de notre planète. Oui, c'est au peuple de l'entière confédération que nous nous adressons à travers nos débats, nos réflexions, c'est pour cela que nous devons être compris de tous. Le peuple doit s'investir davantage dans la vie politique, n'est-ce pas là le fondement même de la démocratie ? Avant de rentrer dans le vif du sujet, il me faut encore ajouter une dernière chose. Comme vous le savez tous, je suis un fervent diogéniste et ce n'est pas à mon âge que cela va changer. Je risque donc de m'appuyer assez souvent au cours de mon développement sur certains préceptes de cette philosophie, qui est dite *cynique*. Diogène de Sinope est donc à l'origine un philosophe cynique. Mais ayant constaté l'incompréhension de la plupart des personnes, ainsi que l'amalgame récurrent avec cette connotation négative du mot *cynique*, j'ai depuis longtemps déjà remplacé les mots *cynisme* et *cynique* par *diogénisme* et *diogéniste*. Or, cette connotation négative liée à la définition du mot *cynique* est inexistante dans le sens originel du mot, dans son sens antique. En effet, le cynisme antique prend le sens de la critique, de la mise en évidence de l'erreur, de la faute par l'exemple, par l'utilisation de la parrhèsia, cette franchise qui invite à tout dire, quitte à scandaliser. Le cynisme antique c'est aussi parfois choquer pour réveiller les gens de leur léthargie bien pensante. D'ailleurs, la langue allemande pour éviter toute confusion entre le sens actuel et le sens antique du mot *cynisme* utilise deux mots différents : *Kynismus*, pour le cynisme antique, et *Zynismus* pour celui d'aujourd'hui. Je me devais de faire le point sur ce fait, car je risque d'employer ce terme durant mon discours, je voulais ainsi éviter toute confusion, car je me souviens avoir été violemment pris à partie une fois où j'avais employé l'expression *cynisme constructif*, alors que bien sûr, traitant de diogénisme je faisais allusion au sens antique du terme. Avant de parler de ce fameux modèle de Salvalon, qui fait scandale dans nos couloirs, je voudrais, et cela me semble très important, que l'on s'intéresse à ce qui a amené monsieur Salvalon à écrire un tel livre. En effet, monsieur Salvalon n'est-il pas philosophe ? Or quelle est la tâche du philosophe ? Du grec philosophos : *Ami de la sagesse*, le rôle de notre ami de la sagesse n'est-il pas de philosopher ? Et cela en usant de philosophie ? Bien sûr, je ne compte pas disserter sur le sens ou sur l'utilité de la philosophie, et je laisse ceux qui seraient assez incultes pour se poser des questions sur le sujet consulter leur matrice de ceinture. J'ajouterai juste que la philosophie est inséparable des hommes, elle s'appuie sur les réflexions et les actions de ceux-ci, de la Grèce antique et même avant, jusqu'à nos jours et même plus loin. L'histoire mes amis, l'histoire est le champ de recherche de nos philosophes. Notre histoire proche ou lointaine, celle avec un grand *H* de l'humanité, celle avec un petit *h* de monsieur X ou Y rencontré par le philosophe au hasard de la vie, ou ciblé par ses recherches. Oui, pour comprendre ce qui a orienté les recherches de monsieur Salvalon, nous allons devoir nous pencher sur notre histoire et faire un petit bond en arrière jusqu'aux années vingt. Oh ! je vois vos visages, n'ayez pas d'inquiétude je parle bien du XXIe siècle, je ne vous entraînerai pas cette fois-ci dans ce XXe siècle qui m'a vu naître et qui vous paraît déjà si lointain ! Non, même si nous pouvions nous appuyer sur de nombreux exemples historiques des siècles passés, je pense que cela ne sera pas nécessaire, l'histoire contemporaine nous suffira largement pour démontrer que monsieur Salvalon n'est pas l'être pervers et dangereux que certains pensent, que son ouvrage n'est pas le recueil d'affabulations quasi maléfiques issues d'un esprit malade et manipulateur. De plus, ce rappel historique ne fera de mal à personne. L'homme n'a-t-il pas une fâcheuse tendance à oublier l'histoire ? Ce qui doit contribuer au fait que, dit-on, celle-ci est un éternel recommencement. Même si cette dernière expression me semble toutefois erronée, car je ne vois rien d'éternel sur terre, cette dernière ne l'étant pas elle-même. Ainsi revenons à nos sombres années vingt, je pense à l'année 2024 qui fut annonciatrice d'une crise mondiale majeure même inédite par son ampleur et sa gravité. Tout au long de ce court récit historique je m'abstiendrai de vous faire l'affront de rentrer dans les détails d'évènements que vous connaissez tous, ainsi que de faire des interprétations personnelles. Je me contenterai d'énoncer les faits le plus objectivement possible. Je prendrai le regard de l'observateur, celui du philosophe Salvalon qui ne chercha durant ces dernières années qu'à faire des liens de cause à effet en se concentrant sur le comportement humain. C'est en effet l'homme qui intéresse le philosophe, ou devrais-je dire les hommes, puisqu'il lui est apparu envisageable que l'explication du comportement plus ou moins rationnel des états, de la structure même de ceux-ci, ainsi que leur vision du développement au sein de notre *sphère mondiale*, oui, l'explication pourrait résider dans cette possibilité qu'il y ait l'existence de plusieurs types d'hommes, et que de l'analyse de ces complexes interactions entre ces différents types d'hommes fasse apparaître clairement les réponses à de nombreuses questions jusqu'à présent sans réponse, ainsi que des solutions pour un futur meilleur.

L'assemblée grondait de commentaires, alors que beaucoup s'interrogeaient, un petit nombre n'hésitait pas à rire ou à siffler.

— Ne vous alarmez pas mes amis, je tiens à souligner que Monsieur Salvalon n'affirme rien, il émet des hypothèses et fait des propositions. De plus, il nous invite tous au débat, je ne vois pas de manière plus humaniste et démocratique de dévoiler son travail à un large public. Que nous dit monsieur Salvalon ? Si ce n'est : voilà mes amis, après de longues années de recherche et de réflexion, en m'appuyant sur l'exemple de notre histoire, j'en suis arrivé à telles et telles conclusions, qui ne sont pour l'instant qu'hypothèses et propositions, qu'en pensez-vous ? Aussi choquantes que peuvent être les hypothèses du philosophe, nous ne pouvons pas nous permettre de simplement les nier. Ces hypothèses reposent sur des travaux, s'appuyant sur des raisonnements, s'appuyant eux-mêmes sur des faits, et croyez-moi ces travaux sont d'une grande qualité et des plus sérieux. Certains d'entre vous rejettent *le modèle de Salvalon*, puisqu'il est communément nommé ainsi, mais ils n'en connaissent pratiquement rien. Ils ont simplement lu l'article paru dans

European Target, mais laissez-moi vous dire que ce n'est que la partie visible de l'iceberg. C'est un livre complexe qui demande par moments de sérieuses compétences en philosophie, en politique et même en économie. Je n'ai eu moi-même que peu de temps pour le lire, mais je l'ai lu dans l'intégralité de ses deux cent trente-quatre pages. Bien sûr je n'ai pas pu m'attarder sur de nombreux passages sur lesquels il est pourtant nécessaire de le faire en réalisant des recherches, mais surtout un gros travail de réflexion. J'ai fait de nombreuses annotations et ai décelé des faiblesses, voire même de possibles erreurs. Pourtant, je dois dire que dans l'ensemble j'ai trouvé cet ouvrage très intéressant, il m'a même, je l'avoue, ouvert les yeux sur de nombreux points. Monsieur Salvalon n'hésite pas à dire ce que beaucoup d'entre nous pensons tout bas. Il fallait bien, pour faire avancer les choses que quelqu'un jette un pavé dans cette sombre mare de non-dits, de soupçons inavouables. Oh ! je sais bien que si nous ne l'avons pas fait avant, cela ne fut pas par lâcheté mais tout simplement par peur d'une mauvaise interprétation de nos congénères, la peur d'être décrit comme un extrémiste dangereux pour la démocratie. Vous pouvez vous apercevoir aujourd'hui que nous avions bien raison. Pour moi c'est une raison de plus pour remercier monsieur Salvalon, pour cet acte courageux, pour avoir crevé cet ignoble abcès qui nous gênait, pour nous donner l'occasion de débattre ultérieurement sur cet épineux sujet, et enfin pour l'avoir fait avec tant d'intelligence, de subtilité et de compétence. Mais je ne veux pas m'égarer davantage, je reviendrai plus tard et brièvement sur ce *modèle de Salvalon*, revenons plutôt à cette année 2024, qui, me semble-t-il, fut le déclenchement des évènements qui ont influencé notre philosophe. Cette année 2024 où beaucoup d'entre vous étaient encore de jeunes gens, je m'en rappelle très bien j'avais alors cinquante- deux ans. Ce fut la troisième guerre du Golfe, aujourd'hui plus communément appelée *la Guerre du pétrole*. Cette guerre fut un moment important car elle mit en évidence les divisions existantes dans ce monde du début du XXIe siècle. Entre le monde occidental et le monde musulman tout d'abord, mais aussi des divisions entre les États-Unis d'Amérique et beaucoup d'autres pays dont bon nombre de pays européens, puis des divisions au sein même de l'Union européenne d'alors. Cette guerre contre les pays du Golfe fut un succès militaire sans grande surprise pour les États-Unis d'Amérique, je sais je devrais dire : un succès militaire de la coalition et non des États-Unis d'Amérique, mais quelle coalition ? Par rapport à la première guerre du Golfe, en 1991, cette coalition n'en avait que le nom. Il apparaissait bien au monde entier qu'en 2024 ce n'était qu'une intervention unilatérale des Américains, seulements suivis par quelques petits caniches fiers comme des lions. Cela me rappelle le gouvernement anglais de 2003 avec son discours *Tony-truand*, trahissant sans surprise son engagement européen et plus grave son propre peuple, agissant à l'encontre de la volonté d'une majorité de Britaniques. Je me rappelle ma colère cette année-là, j'étais offusqué, car les gouvernements ne sont-ils pas la représentation de leur peuple ? Alors comment parler de gouvernements démocratiques quand ceux-ci osent aller à l'encontre de la volonté d'une large majorité de leurs compatriotes, cela fut encore plus flagrant dans le cas de l'Italie et de l'Espagne qui, bien que plus de 80 % de leur population soient contre le soutien à l'Amérique, et surtout contre le soutien à la guerre, décidaient pourtant de persister dans cette voie anti-démocratique et dangereuse. Ces hommes politiques avaient oublié une chose : *Vox populi, vox Dei* ! Je m'aperçus une fois de plus que la démocratie n'était alors qu'une illusion. On nous avait appris en faculté que le communisme était resté à l'état d'utopie, car les hommes n'eurent pas la force ou les facultés humaines de l'appliquer, cela je l'admis car c'est compréhensible, mais se rendre compte qu'il en est de même pour la démocratie, cette majestueuse Démocratie avec un grand *D*, que l'on nous avait toujours vantée, appris à honorer, à respecter et à défendre. Eh oui ! l'Occident grand donneur de leçons, du haut de son piédestal, englué dans sa vanité, sa cupidité, avait oublié que la démocratie était une chose fragile qui demande une constante vigilance. Elle n'est pas une chose acquise, si on ne l'entretient pas, discrètement elle nous échappe jusqu'à s'évanouir, alors l'avenir devient bien sombre pour les humains, tout n'est plus que promesse de chaos. Le pire, c'est que beaucoup d'états pensent sincèrement détenir et appliquer de purs modèles de démocratie, ne se rendant pas compte qu'ils ne sont en présence que de pâles *ersatz* de celle-ci, subissant les *diktats* des marchés et des intérêts politiques, en clair : de l'argent et du pouvoir. Car personne ne fut dupe des raisons qui poussèrent une nouvelle fois les États-Unis d'Amérique à entrer en guerre dans cette partie du globe. Il aura fallu trois guerres pour qu'enfin avec leurs alliés ils mettent la main sur le pétrole arabe. Ce ne fut certes pas une manière d'agir digne de pays démocratiques, mais cela faisait de toute façon bien des années que la démocratie n'y existait plus que dans les textes. Mais au lieu de leur apporter une manne salvatrice, la suite comme vous le savez fut tout autre. Déstabiliser cette région fut une grave erreur, les guerres s'enchaînèrent, l'Iran, la Syrie et même encore l'Irak, toute la région s'embrasa. Mais je crois que la terrible crise économique qui suivit cette période de violence fut encore plus dévastatrice que les guerres elles-mêmes. La quasi-totalité de l'humanité était au bord d'un chaos total. Les terribles émeutes qui ravagèrent l'Europe coûtèrent la vie à bon nombre de nos concitoyens.

Le silence régnait, tous avaient l'air grave. Gaspé lui avait la gorge serrée, son père perdit la vie pendant les grandes émeutes de 2030 alors qu'il n'était qu'un petit garçon.

— On m'a souvent fait remarquer que si la situation n'avait pas été aussi catastrophique le diogénisme serait resté aux oubliettes. Et le pire c'est que c'est en partie vrai. Je me dis parfois que les hommes sont venus au diogénisme par désespoir. J'imagine que si je me trouvais au milieu d'un vaste désert avec une belle blonde en mal de sexe et un vilain chameau, son choix se reporterait rapidement sur moi. Mais que, dès notre arrivée, après un interminable voyage, dans la première ville elle s'échapperait avec un bel Apollon.

Il y eut de nombreux rires libérateurs, après les moments de tension, qui précédèrent.

— Mais cela me désole, car on s'aperçoit une nouvelle fois qu'il faut que les hommes se trouvent au bord du gouffre pour choisir la voie de la raison. Cela me rappelle ces quelques mots de Diogène : « les hommes entrent bien en compétition quand il s'agit de creuser des tranchées ou de jouer des pieds, mais personne n'en fait autant pour devenir honnête homme ». Eh oui ! les bonnes résolutions, les actions raisonnables, tout ce qui n'est pas pour notre plaisir immédiat, on le remet toujours à plus tard. Il est bien plus amusant de jouer des pieds. C'est vrai on peut dire que toute cette tragédie a poussé les hommes à la raison, ils ont pris conscience que les choses étaient, cette fois-ci, allées trop loin. Mais alors que la situation est en train de redevenir bonne et stable, les mauvaises habitudes, des comportements plus que discutables refont surface. Comme la belle blonde qui retrouve la ville et s'échappe, nous sommes prêts à retrouver nos comportements d'antan dès que nous nous sentirons hors de danger. Je pense que c'est le moment qu'a choisi monsieur Salvalon pour nous avertir que si nous voulons garder le cap, poursuivre cette politique nouvelle empreinte d'une démocratie réelle, sur la voie de la raison, pour un avenir lumineux, nous ne devons pas baisser la garde. Ainsi le

XXIe siècle sera celui du changement, et le XXIIe celui de la nouvelle humanité, brillante d'intelligence, de cohésion et pourquoi pas de sagesse. Bon d'accord ! il vous semble que j'abuse un peu, mais il est possible de laisser au passé la barbarie primitive de laquelle l'humanité n'arrive pas à s'extraire, afin que, pour une fois, l'histoire ne soit pas un éternel recommencement et que cette fois nous fassions un grand bond en avant, cette nouveauté nous ouvrira d'autres options sur l'avenir.

Brampton resta quelques secondes silencieux à se frotter le visage. On entendait une multitude de chuchotements.

— Bon, je n'en ai plus pour longtemps, je me sens déjà très fatigué, tout cela n'est plus de mon âge. Enfin, voilà, je voulais vous rappeler tout cela pour vous faire comprendre qu'avec un exemple si pitoyable du comportement humain, il ne fallait pas s'attendre à ce que le philosophe Salvalon nous félicite, il aurait même pu être plus sévère car c'est notre civilisation même qui a failli disparaître. Mais si je suis venu ce soir ce n'est pas pour défendre le modèle de Salvalon, comme nous ne sommes d'ailleurs pas ici pour le juger. Mais je refuse que l'on condamne sans savoir, arbitrairement, sans débat. Je voulais juste remettre les choses à leur place. La question est : monsieur Salvalon a-t-il commis une faute ? Et si oui, cette faute est-elle assez grave pour qu'il soit révoqué ? À la première question je répondrais : oui. Oui il a commis une faute, c'est une évidence puisque les membres du Conseil des Sages n'ont pas le droit de publier à titre privé durant le temps de leur mandat. Quant à la deuxième question, je la laisse à votre libre appréciation, je ne me permettrai pas de chercher à vous influencer. Tout ce que j'attends de vous c'est d'être justes, de voter en honnêtes hommes, sans tremper dans les calculs, les stratégies et autres intrigues politiciennes que malheureusement certains d'entre nous affectionnent encore, c'est tout ce que je vous demande.

Voilà mesdames, messieurs, je vous remercie de votre écoute attentive, c'est à peu près tout ce que j'avais à dire. Merci. Merci monsieur le Président, je vous rends la parole. »

Alors que le vieux sénateur descendait péniblement de la tribune, il fut copieusement applaudi. Même certains qui ne l'aimaient pas vraiment l'applaudirent par respect. On l'aida à descendre les dernières marches, puis il sortit de l'hémicycle par la petite porte derrière la tribune. Le Président Aristide annonça vingt minutes de pause après lesquelles le sénateur Döllinger prendrait la parole.

Quelques minutes plus tard, Gaspé rejoignait le sénateur Brampton dans « le salon des orateurs », ainsi nommé car il se situe dans le couloir qui mène à la tribune. Un petit salon à la française que Brampton appréciait pour son calme car n'étant que très peu fréquenté.

« Ah Gaspé ! Viens, assieds-toi mon ami. Je n'ai pas été terrible hein ! Oh tu peux le dire... vraiment pas terrible !

— Absolument pas ! Je vous ai trouvé très bien, et je ne suis pas le seul.

— Hmm...

— Vous avez soulevé les vrais problèmes et du coup coupé l'herbe sous les pieds de Döllinger qui, j'en suis presque sûr, a axé son discours sur une critique du modèle de Salvalon. Il doit être bien ennuyé, il n'a que vingt minutes pour revoir sa copie pour ne pas paraître lourd et hors sujet.

— C'est vrai, il doit m'en vouloir.

— De plus vous avez fait honneur au diogénisme en reconnaissant la faute de Salvalon, en restant tout le temps objectif, en n'essayant pas d'influencer l'assemblée. C'est vrai vous n'avez donné aucune consigne de vote, à part celle de voter de manière juste et désintéressée.

— Je ne pouvais pas faire autrement, j'ai fait ce qui m'a paru être le mieux sous l'inspiration du moment. Mais je viens de m'apercevoir que je n'ai plus la condition physique pour un tel exercice. J'aurais voulu parler de plein d'autres sujets. Il aurait été intéressant que je développe sur la crise énergétique et du basculement européen vers les nouvelles énergies, choix auquel nous devons notre salut. Pourquoi nous ne l'avions pas fait plus tôt à cause du blocage exercé par les grands *trusts* industriels. Mais, je te l'avoue, je n'en ai pas eu la force. Je suis exténué. D'ailleurs écoute-moi bien, puisque je n'ai plus l'énergie de retourner dans l'hémicycle écouter Döllinger et puis voter, tu vas le faire pour moi.

— Mais Maître je...

— Stop ! Ne t'inquiète pas, je sais que tu voteras comme un vrai diogéniste, de plus je sais déjà ce que va dire Döllinger, il n'est pas très créatif. Tiens voilà ma clef et tu connais mon code, accompagne-moi juste à l'ascenseur et retourne vite me représenter dans notre box.

— Bien Maître, mais je vais vous appeler quelqu'un pour qu'il vous raccompagne à votre appartement.

— Non ça ira, ne dérange personne, une fois à l'ascenseur je suis déjà presque arrivé. Allons-y ! »

Il était 9 h 25 et Gaspé râlait contre la lenteur de ce maudit ascenseur car il était en retard. Lorsque les portes s'ouvrirent il fut étonné de voir du monde dans le couloir habituellement désert. Soudain, alors qu'il venait de réaliser qu'ils étaient devant l'appartement du sénateur Brampton, il fut saisi d'angoisse. Il vit aussitôt Faraday qui, dès qu'il l'aperçut, se dirigea vers lui. Gaspé comprit tout de suite en lisant sur le visage de Faraday et s'arrêta comme paralysé. Alors le sénateur Faraday s'avança doucement jusqu'à lui, lui posa une main sur l'épaule et lui annonça d'une voix calme la terrible nouvelle.

« Notre vieil ami nous a quittés.

— Quand est-ce arrivé ?

— Cette nuit durant son sommeil. Le garçon d'étage qui lui amenait son petit déjeuner, à 8 h comme tous les jours, a donné l'alerte. Le médecin dit que le décès est sans doute intervenu vers 5 h.

— Je veux le voir.

— Bien sûr, suis-moi. »

Gaspé resta une dizaine de minutes dans la chambre seul avec son Maître décédé. Quand il sortit, Faraday l'attendait dans le salon avec un homme qu'il ne connaissait pas, mais il ne se soucia pas de savoir qui il était. Le visage de Gaspé impressionna

Faraday qui ne pouvait y lire aucun sentiment, il semblait ailleurs, étrangement pensif. L'homme s'avança et prit la parole :

« Le sénateur Éric Brampton a laissé cette microcassette pour vous, je devais vous la remettre en main propre en cas de décès, veuillez signer le reçu s'il vous plaît. »

Gaspé signa, il plaça la microcassette dans la poche de sa veste et sortit de l'appartement suivi par ce colosse de Faraday dont les larges épaules voûtées trahissaient le poids de son chagrin.

Livre 2

Sur la rivière avec le Chien, Che et Alexandre

Pour toi Mattiew mon ami, mon frère.
À notre inoubliable épopée au pays des Kiwis.

É. Brampton

Ici, le temps semble s'être arrêté ; ou plutôt s'être calqué sur la lente évolution du vivant. C'est « l'Horloge naturelle » qui régit toute chose, en ce lieu d'une splendeur inégalable. Celle de la Terre Mère, nourricière de toute vie, la grande Doni de nos ancêtres.

Une végétation luxuriante, impressionnante, force grimpante et rampante, percée de quelques pics rocheux qui semblent être les seuls, avec la grande falaise à l'ouest, à avoir vaincu ce puissant tapis, enchevêtrement de vie végétale. Mais cette armée verte ne s'avoue pas vaincue pour autant, et déjà, arbustes et petites plantes grasses, comme une multitude de petits éclaireurs, sont envoyés en avant-garde, pour une lutte plus que millénaire à la reconquête de son territoire perdu. Le seul atout de ceux qui résistent à l'invasion, c'est le manque de terre ou de matière organique, voire son absence totale.

Ainsi, même si celle-ci paraît menacée d'engloutissement par cette goulue entité verte, notre somptueuse rivière, qui s'écoule calmement, joue l'impertinente fière et sûre, force tranquille au centre de ce petit paradis originel.

Une nouvelle aventure

Les deux mains solidement serrées autour de la petite rambarde métallique, les yeux fermés, je savourais la fraîche brise qui m'apportait de temps à autre un nuage d'embruns venant me caresser le visage. De mes jambes je suivais lentement les mouvements ondulatoires de notre petit navire.

Quel merveilleux sentiment que celui de renaître, quand on revient des ténèbres où l'on n'était qu'un livide zombi.

En effet, ces deux premiers jours de navigation furent un véritable calvaire. Deux jours de mer déchaînée avec un soir une véritable tempête. Je pensais, pour avoir déjà navigué, avoir le pied marin, mais la mer nous rappelle toujours à la modestie.

Pour la première fois de ma vie, j'eus le mal de mer, le vrai, l'insoutenable, celui qui vous donne l'impression de ne plus avoir un seul viscère en place, que tous les organes flottent et s'entrecroisent comme dans une vaste soupe, ce mal de mer qui monopolise votre pensée et vous oblige à n'avoir plus qu'une seule chose en tête, votre seau. Aussi j'ai pu mesurer combien il était difficile de tisser des rapports sociaux quand on passe une partie du temps la tête dans un seau et l'autre à y penser.

Mais me voilà revenu. L'être abject que j'étais devenu, rampant, rôtant et vomissant, reprenant des couleurs et une posture proche de la normale, se transforma progressivement, passant du crapaud à moitié crevé à un jeune homme heureux et souriant.

Mon sourire s'effaça rapidement, car un énorme sentiment de honte pesait sur ma conscience. Quelle image avais-je donnée de ma personne, me roulant durant deux jours dans mes rejets les yeux révulsés. Je n'avais été d'aucune aide, quand on eut sûrement besoin de moi dans la tempête. J'avais même dû être considéré comme un problème supplémentaire. Mon Dieu quelle honte ! Nous n'avions même pas eu le temps de faire connaissance et me voilà qui déjà montrais le pire aspect qu'un homme puisse prendre. Moi qui étais monté à bord guilleret, sûr de moi... Oh non, quelle honte !

À ce moment précis j'ai pensé qu'il m'était presque plus facile de me jeter par-dessus bord, que d'aller affronter en face la personne de ce Mattiew dont je ne connaissais rien, mis à part le fait qu'il était Écossais. À ce que l'on m'avait toujours dit, les Écossais n'étaient pas des gens faciles, et de plus, un marin pour arranger mon histoire. Bon sang ! Comment avais-je fait pour me trouver dans de tels draps ? Véritable linceul de la Honte, à la forte et âcre odeur biliaire.

En fait, c'est très simple. Tout commença par un petit e-mail en provenance d'Akaroa en Nouvelle-Zélande, alors que je me trouvais dans un cybercafé, tout juste arrivé à Sydney en provenance de Nouvelle-Calédonie.

L'e-mail provenait de Mark, un ami néo-zélandais que j'avais rencontré quelques années auparavant justement dans cette charmante petite ville de six cents habitants, Akaroa. Ancrée au bord de son petit port de plaisance à l'eau turquoise, au fond d'un cratère volcanique, d'où il fallait emprunter une passe entre deux gigantesques falaises pour rejoindre l'océan Pacifique Sud. Impressionnant.

De par son histoire, il y avait un peu de France en ce lieu des antipodes, le drapeau tricolore flottait fièrement sur le port et les noms de certaines rues étaient français, comme la rue Principale où je vécus six mois, la rue Lavaud. Je n'oublierai jamais les jours heureux qui s'écoulèrent dans la douceur de ce havre de paix et ces maisons de bois typiquement néo-zélandaises dont certaines avaient cent cinquante ans.

Ayant besoin d'un travail, Mark m'embaucha d'abord comme jardinier, puis comme homme à tout faire. Petit à petit nous nous liâmes d'une véritable amitié, ainsi qu'avec sa petite famille. À cette époque il débutait dans la sculpture, disons qu'il en parlait beaucoup plus qu'il ne pratiquait. Mais par la suite j'appris qu'il s'investissait de plus en plus sérieusement dans sa passion. Il était même devenu l'heureux propriétaire d'une galerie d'art. Nous restions en contact par e-mail, et je l'avais mis au courant de ma venue prochaine à Sydney. Il disait donc quelque chose comme ça :

Cher Éric,

Où es-tu ? Si tu arrives à Sydney avant le 18, dis-le-moi vite, j'ai un travail pour toi, et même plus qu'un travail c'est un service que je te demande, réponds-moi vite.

Ton Ami, Mark.

Succinct et efficace, du Mark tout craché. C'était toutefois assez pour éveiller ma curiosité, je répondis aussitôt. De plus nous étions le 16, cela me laissait deux jours pour agir, en espérant qu'il réponde rapidement, ce qu'il fit. Et le second mail disait à quelques mots près :

Salut Éric !

Excellent ! Tu ne pouvais pas mieux tomber. Voilà, comme tu le sais j'ai maintenant une galerie d'art à Christchurch.

Je dois me faire parvenir quelques tableaux et une sculpture de Sydney et par un incroyable concours de circonstance, j'ai l'opportunité de me les faire parvenir par bateau, celui-ci lève l'ancre le 18 et accepte de s'arrêter à Akaroa ou Lyttelton, incroyable non ! Tu sais combien le fret aérien est cher, cela me fera économiser beaucoup d'argent.

Mais c'est une cargaison de valeur et j'ai besoin de quelqu'un de confiance qui veille à ce qu'elle me parvienne et surtout en bon état. Tu seras payé pour cela et de plus nous serions heureux de t'accueillir quelque temps parmi nous par la suite.

Réfléchis bien et réponds au plus vite. Si tu es d'accord, je te ferai parvenir toutes les démarches à suivre.

Mark.

Il n'avait pas changé, le roi de la débrouillardise. Il arrivait toujours à payer moins cher que les autres, pour une qualité ou un service équivalent.

Cela compromettait fortement mes plans australiens. Mais il est vrai que les dollars commençaient à se faire rares dans mes poches, ainsi que sur mon compte en banque. Une promenade gratuite en bateau, le plaisir de revoir la Nouvelle-Zélande et mes amis, il était dur de refuser une invitation aussi alléchante pour de nouvelles aventures néo-zélandaises. Je n'avais jamais pu résister à l'appel de l'aventure, Mark le savait.

C'était décidé : j'acceptais. Il me tardait de prendre le large et d'arriver à Akaroa par l'Océan comme le firent les premiers colons français. J'avoue qu'une certaine fierté commençait à m'envahir. Je me réjouissais aussi de tout ce temps libre à venir, que je passerai à lire et à écrire, une véritable croisière littéraire.

Voilà, voilà comment j'étais arrivé à bord du *Green Dolphin*, petit voilier de quatorze mètres, vert comme les pâturages pyrénéens. Nous étions deux pour tout équipage et je n'osais même pas adresser la parole au commandant de bord, tant je me sentais merdeux ; vous parlez d'une aventure !

À vos ordres mon commandant !

Je ne pouvais pas rester indéfiniment à l'avant du navire et fuir mon hôte. Cette situation m'était insupportable. Il faut savoir accepter les faits, assumer ce que l'on est, ainsi que ce que l'on fut.

Rassemblant tout ce que je possédais à ce moment de courage et de lucidité, je décidai d'agir. Après une approche et une entrée en matière bien maladroites, car il avait dû me voir venir de l'autre bout du pont, me donnant un faux air décontracté et pensif, je réglai ma démarche. Celle-ci, que je voulais la plus naturelle et sereine possible, prenant soin de m'arrêter pour contempler l'horizon vide de toute aide – je me donnais l'effet d'être un passager flânant sur le pont d'un grand paquebot de croisière, en espérant que ce ne fut pas le *Titanic* – s'apparentait plutôt à celle d'un enfant qui s'approche ennuyé de son père pour lui annoncer, après maints efforts, qu'il a fait dans sa culotte.

C'est lui qui prit l'initiative avec beaucoup d'humour et de gentillesse ; il devait aussi avoir un peu pitié de moi. Il me rassura, me disant que pas un seul marin ne pouvait se targuer de n'avoir jamais été malade, à part bien sûr les marins d'eau douce. Je le remerciai sincèrement de sa compréhension, m'excusai pour mon inactivité des jours derniers et m'engageai à faire mon maximum pour rattraper le temps perdu. Eh bien voilà ! Me dis-je, ce n'était pas si difficile de prendre ce bélier d'Écosse par les cornes. Je le regardai avec un large sourire, j'avais envie de lui taper sur l'épaule, je me sentais si léger. Il me rendit mon sourire. Nous étions tous deux aussi ébouriffés et mal rasés l'un que l'autre, je crois que c'était le *look* du bord. Je sentis qu'il avait autant envie que moi d'éclater de rire tant la situation était cocasse. Alors pour déclencher cette rigolade, qui rendait l'atmosphère tendue et électrisée tant elle mettait du temps à arriver, je m'écriai sur un ton militaire, accompagné du salut de circonstance : « apprenti mousse Éric Brampton, à vos ordres mon commandant ! ». J'étais, certes, un peu ridicule, mais cette fois-ci la glace était rompue, elle rejoindrait bientôt nos verres.

Nous bûmes un bon verre de whisky écossais que j'eus du mal à ingurgiter, mon estomac n'étant pas encore tout à fait à sa place. Mais je ne pouvais pas refuser de sceller au whisky cette amitié naissante.

Par la suite, je descendis ranger la cabine et faire disparaître toute trace des pénibles moments que j'y avais passés. Je décidai aussi de préparer un repas simple mais copieux. Après une courte mais fort appréciable sieste, je rejoignis le pont pour prendre mon premier cours de navigation, ou du moins de métier de mousse.

Tout d'abord ce fameux capitaine me demanda quelle était mon expérience maritime. Je réfléchis un petit moment, un doigt sur la bouche et les yeux rivés sur le haut du mât. Il me fallait faire le tri, car je n'allais tout de même pas lui dire que j'avais traversé la Manche en ferry. Il ne me fallait retenir que les navigations d'au moins deux jours. Alors je lui répondis que j'avais pris le ferry de Newcastle en Angleterre à Göteborg en Suède, c'était une traversée de deux jours. Une autre fois, deux jours à bord d'un petit voilier pour surveiller une régate, mais je ne pris pas part à la navigation, des marins confirmés se trouvant déjà à bord. Et puis, ma plus longue expérience qui fut un mois à bord d'un grand trois-mâts dans les eaux cubaines, mais j'étais second de cuisine, et ne pus pas souvent participer à la navigation, excepté pour les accostages où j'aidais à placer de grosses bouées entre la coque et les pneus du quai. Les marins appelaient cela « placer les couilles ». Puis il me posa de nombreuses questions sur le vocabulaire nautique, ainsi que sur les noms des diverses parties du bateau. Rougissant de n'avoir pu répondre qu'à une seule de toutes ces questions, j'expliquai que si je parlais presque couramment l'anglais, le vocabulaire nautique m'était inconnu dans cette langue. Puis, j'avouai à contrecœur que de toute façon il eût été facile de me coller même dans ma propre langue, tant mes lacunes étaient importantes.

Ensuite il me fit faire le tour du navire, m'expliquant le nom et le fonctionnement de chaque chose, ce fut très instructif et je n'eus plus de doute, c'était un marin passionné, qui aimait vraiment la mer, et plus que tout, son bateau.

Quant à moi, je me jurai de mettre la main, dès que cela me serait possible, sur un manuel de navigation en français. Je me sentais vraiment honteux d'être à ce point ignorant dans ce domaine.

Lit et ratures

Le temps semblait vouloir rester au beau. Il pensait sûrement m'avoir donné une leçon suffisante et il avait bien raison.

La nuit précédente j'avais dormi comme un ours en hibernation, ayant à récupérer des atroces nuits passées.

Cette journée fut délicieuse, navigation, contacts amicaux et intéressants avec mon compagnon de route, lecture et rêveries, la belle vie ! Sans oublier la fraîche bonite pêchée le matin et cuisinée « à la provençale » par mes soins à midi, puis la sieste, grandiose !

Il y a vraiment des jours où l'on se dit que la vie est magnifique, j'étais comblé. L'homme ne se satisfait jamais de ce qu'il a, il en veut toujours plus, cela fut mon cas pendant longtemps. Mais certains voyages dans des pays pauvres, ainsi que mon intérêt pour Diogène et le Che m'avaient appris à me satisfaire de ce que j'avais, j'en étais très heureux.

Lassé de surveiller ma ligne traînante et de n'avoir aucune touche, la chance du matin ne se reproduisant pas, j'en déduis que les bonites se nourrissaient le matin. Je décidai alors de changer d'activité. Mattiew n'ayant pas besoin de mes services, je rejoignis ma couchette et décidai de passer cette soirée en m'adonnant à un de mes loisirs favoris : la relecture de mes écrits.

En effet, ce qui devait être une douce croisière, vouée à la méditation, la lecture et l'écriture, avait été pour des causes naturelles ramenée à une visite approfondie du seau du bord. Mais Poséidon semblait bien vouloir me donner une seconde chance, je travaillerai donc à ne pas le décevoir. Je décidai de me pencher sur quelques-uns de mes derniers écrits que je n'avais pas encore relus et corrigés.

Il y a deux ans, je m'étais soudainement mis à écrire, sans doute poussé par mes expériences de voyageur, d'abord débutant puis plus confirmé au fil des aventures successives. Le Voyage, ce sublime voyage dont je ne connais pas la fin, m'apportait une vision différente de ce qui était ma vie en Europe. Voir sa vie de l'extérieur comme si l'on en était étranger fut une expérience puissante, décisive. Je compris alors que je n'étais rien, rien qu'un homme parmi les hommes, un homme au potentiel d'adaptation énorme, comme tous ceux qui se lancent vers l'inconnu. Le meilleur moyen de se rendre compte que l'on est autre chose que ce que l'on pense être, que ce que notre Société veut que l'on soit, est bien le voyage. Il modifie aussi notre idée de ce que l'on pensait être le monde, car il nous confronte à de multiples « vérités » et à nous-mêmes. Cela implique une remise en question de beaucoup de choses en lesquelles je croyais ; mais comme nous le savons, une vérité en est une jusqu'à preuve du contraire, et alors une autre vérité prend sa place jusqu'à ce qu'un jour peut-être elle soit, à son tour, détrônée.

Je me suis aperçu que beaucoup de ces « vérités » n'étaient pas les miennes, mais celles imposées par une Société, une éducation et même par les médias. C'est vraiment grâce aux voyages que je pus voir l'ampleur de la manipulation et à quel point je n'étais pas moi-même, mais juste une simple fourmi dans cette gigantesque fourmilière, qu'est notre Société « moderne ».

C'est sûrement ce qui m'a poussé à l'écriture, ce besoin de noter mes observations, mes découvertes et mes réflexions. J'avais commencé par tenir un journal, puis je débordais sur divers cahiers en écrivant des nouvelles, des réflexions « philosophiques » et même quelques poèmes. Petit à petit je pris goût à l'écriture jusqu'à ne plus pouvoir m'en passer. Toutefois, je restais modeste, ne me considérant pas comme écrivain, même si j'avais entrepris d'écrire un petit livre relatant mes découvertes au travers d'un voyage. J'étais conscient du gouffre infranchissable qui me séparait des vrais littéraires, et je n'essayais en aucun cas de copier le style de mes auteurs favoris. Je me contentais seulement de prendre du plaisir à écrire, puis à me relire avec un esprit critique, le tout, simplement, naturellement.

Grâce à Diogène de Sinope, le plus fameux des philosophes cyniques grecs, j'avais décidé de ne pas être sérieux et pompeux comme tant le sont et si je traitais de sujets graves, il ne me fallait jamais oublier la touche d'humour ou de dérision qui nous rappelle qu'il nous faut toujours rester humbles et modestes. Allongé sur la rude couchette qui me servait de lit, je feuilletais les dernières pages que j'avais écrites un soir dans un *backpacker* de Sydney, lors de mon bref passage en Australie. Je m'arrêtai sur l'une d'elles prêt à raturer abondamment, mon stylo décapuchonné entre les doigts :

> *Descartes dit : Je pense donc je suis, c'est bien ! Mais maintenant que je sais que je suis, cela appelle naturellement une question, qui suis-je ? Car si nous ne faisions qu'être, juste être ni plus ni moins, cela nous faciliterait la vie ; nous serions, puis nous ne serions plus. Mais je laisserai nos existentialistes traiter le problème en profondeur.*
>
> *Moi je pense seulement, être oui, mais être qui ? Être quoi ? Cela nous amène au fameux Connais-toi toi-même gravé sur le fronton du temple de Delphes en des temps si reculés, que déjà à l'époque de la Grèce antique, personne ne savait avec certitude quand avait été construit le temple avec sa mystérieuse et précieuse inscription et surtout qui en étaient les bâtisseurs. Une énigme de plus à laquelle je laisserai nos*

archéologues chercher des solutions.

Moi je pense seulement que comme nous sommes aussi en partie ce que nous faisons, cela appelle donc d'autres questions : Pourquoi suis-je là ? Dans quel but ? Mais y a-t-il vraiment un but ? Si mes actions définissent l'orientation ou les orientations de ma vie future, comment dois-je agir ? Pour aller dans quel sens ? Et bien d'autres encore. Je me propose de synthétiser toutes ces questions pour n'en faire qu'une : « Quel est le sens de ma vie ? »

Je me retrouve donc avec deux questions qui me paraissent fondamentales, essentielles pour s'épanouir dans ce laps de temps que nous appelons « la vie » : « Qui suis-je ? » découlant directement du Connais-toi toi-même et « quel est le sens de ma vie ? », synthèse de nombreuses questions.

Mais cette fois-ci je ne laisserai pas nos philosophes s'occuper de ces questions à ma place, car ils ne pourraient rien pour moi. En effet, ce sont deux questions que je me pose à moi-même, car les solutions sont en moi. Ainsi les deux réponses qui en émaneront seront le fruit d'une recherche personnelle.

Me voilà donc engagé dans une quête. Mais répondre à ces deux questions, que j'appellerai dorénavant « les questions fondamentales », est un travail à plein-temps, qui prendra quelques années, voire qui sait, toute une vie. C'est peut-être cela le sens de ma vie, chercher les deux réponses justes. Dans ce cas là, j'aurais déjà répondu à la deuxième question. Mais cela me semble un peu trop simple et de plus cela ne donne pas la réponse à la première, qui est loin d'être une question facile.

Peut-être même qu'à notre mort on se retrouve devant une divinité qui attend qu'on lui donne les deux réponses justes, pour nous accorder le passage dans l'autre monde. Si on ne possède pas les bonnes réponses on est expédié je ne sais où, peut-être doit-on repasser l'examen et retourner sur terre pour une autre vie et une nouvelle chance de réussir.

Je riais seul sur ma couchette en imaginant les gens arriver devant la divinité, déjà étonnés de se retrouver dans cette cathédrale de nuages sombres, et encore plus en entendant la voix grave et céleste s'adressant à chacun d'eux :

— Donne-moi les deux réponses aux questions fondamentales de la vie.

— Pardon, les deux quoi ? Quelles questions ?

— Recalé !

— Recalé ? ? ? Aaah...

Puis, au suivant :

— Donne-moi les deux réponses aux questions fondamentales de la vie.

— Euh... ne frappe pas ton prochain et... sois poli avec ta mère.

— Recalé !

— Merde ! Aaahhii...

Bien sûr je pensais bien que cela ne se passerait pas de cette manière. Je n'entreprenais pas cette quête par peur d'un quelconque jugement dernier, mais plutôt pour me construire ou du moins découvrir ma réelle personnalité, ainsi que la place qui serait la mienne dans ce monde, loin de toutes les pressions, manipulations et autres contraintes de cette Europe complexe où j'avais vu le jour.

Mais j'avais maintenant envie de relire quelque chose de plus léger, je saisis alors la chemise cartonnée où j'avais placé ma dernière nouvelle, écrite dans des conditions assez amusantes la veille de mon départ de Nouvelle-Calédonie pour Sydney. En effet, j'avais fait la connaissance, par l'intermédiaire d'un ami, d'un journaliste qui vivait près de Koumac dans une charmante petite maison de bois au toit de chaume. Cette petite résidence était plantée sur la pente d'une verdoyante colline, immergée parmi les flamboyants et les bougainvilliers de toutes les couleurs, au travers desquels on pouvait contempler le lagon et son grand récif, tout en étant confortablement installé sur la terrasse ombragée qui s'élevait à trois bons mètres au-dessus du sol. Ainsi, je passais assez souvent lui rendre visite, nous parlions alors des heures durant littérature, histoire et actualités internationales, tout en dégustant de délicieux rhums arrangés. Malgré un cadre paradisiaque, un métier intéressant, sans trop de contraintes, puisqu'il travaillait principalement chez lui *via* internet, c'était un être sombre, parfois à la limite de la dépression. Il était fort intéressant pour moi de côtoyer un tel personnage car son expérience m'était d'une grande aide. Je ne sais pas pourquoi, mais il semblait prendre plaisir à lire mes écrits. C'était un vrai professionnel de l'écriture, deux de ses sombres et complexes romans philosophiques avaient été édités. J'étais donc à chaque fois surpris de l'entendre me demander si j'avais fini tel ou tel écrit ou nouvelle, dont je lui avais parlé lors des fois précédentes, et s'il lui était possible d'y jeter un œil. Bien sûr, fier qu'il s'intéresse à mon travail, je ne tardais jamais à les lui apporter. Ses critiques étaient sévères mais presque toujours fondées, ses conseils judicieux. Un jour, alors qu'il était plus sombre et déprimé que toutes les autres fois, mais je pense aussi que cela fut en partie dû à l'alcool, il me dit : « Les femmes m'exaspèrent, comme l'humanité tout entière d'ailleurs. Imagine un superbe écrin de velours brodé d'or et à l'intérieur, une vilaine crotte. Voilà ! Tout est dit. Le *diktat* du paraître au détriment de l'être. Tu sais Éric, nous ne sommes rien, tout ça, la vie, l'écriture, ce n'est rien, que de la merde ! Oui, de toute façon on écrit rien que de la merde. » J'avoue avoir été un peu choqué par ces paroles, bien que soulagé qu'il se soit mis dans le même sac.

Je dois admettre que malgré son côté excessivement sombre et l'imagerie nauséabonde qui, toujours, l'accompagnait, son analyse une fois de plus n'était pas si fausse. À propos de ce culte du paraître, je me rappelle avoir pensé à une citation de Jean Cocteau : « Les miroirs feraient bien de réfléchir un peu plus avant de renvoyer les images ».

Ce fut la dernière soirée que je passais avec lui, partant pour l'Australie deux jours plus tard. Aussi, puisque j'étais moi aussi censé n'écrire que de la merde, je décidai comme un dernier clin d'œil amical, de lui écrire une dernière petite nouvelle, une courte nouvelle scatologique que je lui ai dédicacée avec beaucoup d'humour par la suite. Voilà comment j'en suis venu à écrire « Le Syndrome russe », que je lui postai le jour de mon départ, en espérant que cela le fasse rire et lui remonte le moral.

Je mis enfin la main sur la fameuse nouvelle. J'eus peur de l'avoir égarée durant un court moment, car il est vrai que je ne suis pas quelqu'un de très ordonné ; tous mes écrits sont relativement classés, voire totalement mélangés. Bon ! Il me fallait à présent m'imprégner de cette ambiance de bar sombre et enfumé où l'on croise toujours des gens plus ou moins bizarres. Je commençai alors la lecture, toujours mon stylo à la main au cas où quelques modifications s'imposeraient.

Le Syndrome russe.

Un soir où j'étais seul devant mon verre, dans un petit bar sombre de ce pittoresque quartier du port, l'homme qui se trouvait à ma gauche se tourna brutalement et s'adressa familièrement à moi, sans se présenter :

« Veux-tu que je te raconte une étrange histoire ?

— Une étrange histoire ? Euh... Oui, pourquoi pas ! »

Je me demandais bien ce que ce personnage, lui-même bien étrange, pourrait me raconter. Intrigué, je me laissai entraîner par une soudaine curiosité ainsi que par la fascination qu'avaient toujours exercé sur moi les situations insolites. Comme envoûté, je ne pus que m'engager dans cette curieuse aventure.

« Un jour on m'a dit que tous les réfugiés russes ont la même phobie, le même cauchemar qui les hante.

— Continue, tu as aiguisé ma curiosité.

— Ils ont peur de mourir engloutis dans la merde.

— ...

— Bien sûr c'est une mort symbolique, nous sommes dans le domaine de l'inconscient. Si les odeurs nauséabondes provoquent chez la plupart d'entre nous un écœurement certainement justifié, chez eux ces dernières déclenchent au plus profond de leur être une peur panique, effroyable, incontrôlable. Spécialement les odeurs de merde.

— C'est quoi cette histoire ! »

Je commençai à perdre mon sérieux et à savourer la cocasserie de la situation.

« Non, écoute. Un jour j'ai posé la question avec le plus grand sérieux à un ami russe. Surpris, il m'avoua à contrecœur qu'il partageait cette angoisse. Renouvelant l'expérience, je fus à mon tour étonné de constater l'existence d'un syndrome du réfugié russe. Étonnant, non ?

— Plutôt ! oui !

— Je sais. Mais écoute encore. L'un d'eux me raconta l'histoire de Sergeï, un maçon, russe bien sûr. Il travaillait à la rénovation d'un appartement dans un immeuble délabré de la banlieue parisienne. C'était un bon maçon, un gros travailleur, il n'avait jamais eu de problème et son patron était très satisfait. Alors qu'il s'affairait à la tâche avec le plus grand sérieux, il se mit à sentir une odeur, une odeur dense et immonde. Son sang ne fit qu'un tour. Oui, c'était bien une

odeur de merde, une terrible odeur de déjection humaine. Non, ne ris pas. C'est très sérieux. Écoute la suite.

— Excuse-moi, continue s'il te plaît.

— Cette odeur infâme prenait presque consistance dans sa gorge, sa bouche. Elle avait presque, même assurément, un goût. Soudain il explosa, jeta ses outils, prit la masse et défonça le mur à sa droite. Il tomba avec justesse sur le tuyau d'évacuation de l'immeuble. Celui-ci fuyait lamentablement, recouvrant et remplissant inexorablement l'espace entre les murs d'une substance à la puanteur démoniaque. Alors il s'enfuit en courant de son travail, renversant tout sur son passage. Par la suite, bien sûr, il perdit son emploi, et ne put en retrouver pendant longtemps. Tout allait alors mal dans sa vie. Il vivait dans la nuit et pensait ne jamais plus en sortir. Jusqu'au jour où enfin il décrocha un travail : ramasseur de crottes de chien dans les rues de la capitale.

— Attends, je dois rire ou pleurer ? »

D'un geste solennel de la main il me fit signe de me taire et reprit :

« Un soir, ils le mirent au poste de stockage. Il devait vider les bacs de déjections dans un petit bassin d'où elles seraient aspirées par la suite vers l'incinérateur. Il était dégoûté et surtout effrayé par ce travail dégradant. Alors qu'il portait un lourd bac à la puanteur indescriptible, il glissa sur un tas de crottes à demi liquide. On le retrouva le lendemain, presque entièrement immergé dans ce bassin des enfers. Telle fut sa fin. »

Il y eut une longue minute de silence puis je lui demandai :

« Y a-t-il une morale à cette sombre histoire ?

— Oui, mais tu la connais déjà, nous la connaissons tous. »

Sur ce, il se leva et sortit du bar.

Qui ronflera verra

Me voilà qui sortais de notre verte coque de noix, pour rejoindre le pont ensoleillé. À peine mon visage rafraîchi par l'air pur du matin, je vis Mattiew assis, occupé à enrouler une drisse. Alors qu'il me souriait, je lui renvoyai soudain un regard sévère, assombri de colère. J'espérais sûrement provoquer en lui un sentiment de culpabilité, car oui, coupable il l'était.

Nous savions tous deux qu'il était le propriétaire de ces ignobles vrombissements et autres sifflements en tous genres qui vinrent sadiquement me tyranniser toute une nuit. Une nuit si belle, si douce, qui n'appelait qu'à être dormie. Mais Morphée, las de m'attendre, s'en est allé, le jour est arrivé, seule la colère restait entassée au plus noir de mon âme.

Comme si rien ne pouvait le perturber, Mattiew continuait sa besogne et comme s'il voulait rajouter un peu de piment dans mon chili, il se mit à siffloter. Aussi décidai-je d'aller m'asseoir le plus loin possible de lui, me déplaçant en grognant et en marmonnant dans ma barbe.

N'étant pas une personne rancunière, les douces caresses de ce splendide soleil matinal et quelques embruns frais sur le coin du menton me firent retrouver mon sourire ; Mattiew était pardonné. Si la journée fut calme avec ses tâches et occupations habituelles, la surprise vint de la soirée. En effet, étant fatigué de lire sur ma couchette, je décidai de prendre l'air du soir et de rejoindre le commandant du navire à la barre : peut-être serait-il disposé à discuter un peu avec l'apprenti mousse. À peine arrivai-je calmement, demandant la permission de m'asseoir sur l'humide banc de bois, qu'il me renvoya directement à la cuisine, mais pour aller chercher une bouteille de whisky et deux verres, trop content de recevoir de la compagnie. La soirée fut longue et fort agréable. Je pense que cela fut dû à une ambiance particulièrement mélancolique, romantique et même à plus d'un titre enivrante, les clapotis des eaux déversant leurs intenses poèmes aux sulfureuses beautés lumineuses que sont les étoiles, celles-ci faisant mine de ne pas écouter ces complaintes d'un amour impossible. Il faut aussi dire que nous bûmes une demi-bouteille de whisky écossais, un des meilleurs du monde, selon Mattiew.

Ce soir-là nous eûmes de grandes discussions, hautement spirituelles, d'une portée philosophique incontestable, revêtant par moments des caractères poétiques, romantiques voire même scientifiques. En fait nous discutâmes de ces êtres extraordinaires et impalpables que sont les femmes.

Le lendemain matin le réveil fut un peu dur. Face de hareng frit, bon mal de tête, voix d'outre-tombe, et me sentant la mer à boire. Mais quelle nuit ! Un sommeil profond bercé par les vagues et quelques agréables rêves vers le matin. Aussi pris-je l'air surpris quand Mattiew grommela que j'avais ronflé toute la nuit comme Moby Dick eût pu le faire. Pendant qu'il s'engouffrait vers le pont, j'eus un sourire satisfait, malgré moi je l'avais eu ma vengeance, mais cela au détriment de mon foie. Aussi abandonnai-je l'idée du whisky comme somnifère.

Terre !

L'organisation à bord, ainsi que la répartition des tâches s'étaient faites quasi naturellement. La suprématie de la cuisine française sur la tambouille anglo-saxonne s'était imposée d'elle-même, je fus ainsi nommé chef cuisinier. Mattiew bien sûr s'occupait de tout ce qui était navigation, heureusement pour nous. Dans mon rôle de mousse, je rangeais, lavais mais aussi m'acquittais de mes quarts à la barre par mer calme, permettant ainsi à Mattiew de se reposer, ou de vaquer à d'autres occupations. Il y avait aussi le pilote automatique qui prenait souvent notre relais. Je me régalais à regarder cet être métallique accroché à la barre qui, poussant ou tirant, maintenait le cap avec une poigne d'acier. Nous faisions tous deux confiance à ce petit ami, dont le corps se résumait à un bras télescopique en acier noir et la tête à un boîtier de la même couleur solidement vissé à une plaque de métal. Ce crâne cubique arborait deux grands yeux blancs aux larges pupilles noires, deux autocollants installés par Mattiew. L'inclinaison des yeux lui donnait un air sérieux, comme s'il était conscient de l'importance de sa mission. Nous l'appelions « Nono », c'était notre fidèle compagnon de quart. J'ai souvent souri en le voyant lutter contre de grosses vagues pour maintenir son cap avec tant de professionnalisme.

En cette fin de matinée, notre verte coque traçait inlassablement son chemin dans une mer calme et ensoleillée. La routine semblait s'être installée et – comme chaque jour – je préparais à cette heure-ci le repas, essayant de faire des miracles avec le peu de denrées qui nous restait à bord. Mais heureusement pour moi, notre Écossais n'était pas bien difficile à satisfaire sur le plan culinaire. Il se régalait toujours me comblant de compliments. Par contre, je dois avouer que les Anglo-Saxons sont les rois du petit déjeuner. J'étais donc en train de rectifier l'assaisonnement, quand j'entendis Mattiew siffler. Hé oui... il avait, je ne sais pourquoi, pris cette fâcheuse habitude de me siffler comme son cheval quand il avait besoin de moi. J'en fus peut-être un peu contrarié les premiers temps, mais je m'y suis fait, il était ainsi, je ne pouvais et ne voulais de toute façon pas le changer. Alors, comme Jolly Jumper sortant la tête de son box, je sortis la mienne ébouriffée et toute barbue par le haut de l'échelle avec un air interrogateur. Il me fit simplement signe de venir sans mot dire. Je le rejoignis en grognant, mécontent de laisser mes gamelles au moment sacré de la finition. Je m'avançai jusqu'à lui en m'essuyant les mains sur mon tablier de cuisine qui, jour après jour, commençait je dois l'avouer à devenir vraiment craspec. D'un air mystérieux et satisfait, il pointa son doigt à tribord vers l'avant du voilier. Me tournant vers la direction indiquée, une main agrippée à un hauban l'autre en visière, je cherchais quel fantastique monstre marin j'allais découvrir soudain. Mais rien, rien que l'océan et au loin un énorme cumulus qui semblait ancré au milieu de nulle part. Ancré ? Ancré sur... sur une infime couche sombre, était-ce... je tournai la tête vers Mattiew, qui d'un plissement des yeux affirmatif et joyeux, confirma ma vision. Je me retournai à nouveau vers cet incroyable spectacle et levant à mon tour la main dans la même direction, l'index solidement raidi d'émotion, je m'écriai du plus profond de moi-même : « Terre ! Terre à tribord ! »

J'étais si heureux, si excité, il est dur de décrire ce que l'on ressent à un pareil moment. De plus j'avais toujours rêvé de vivre un tel instant comme dans ces vieux films d'aventure ou de piraterie. Je ressentais l'exaltation vécue par la vigie du *Bounty*, je me rendis compte à quel point j'étais terrien.

Mattiew, lui, avait l'habitude de ce genre de situation. Malgré cela je décelais quand même une grande joie et une certaine excitation en lui. Je crois qu'on est tous amoureux de notre terre et que chaque retrouvaille demeure un intense moment. Aussi, je me précipitai, devançant Mattiew, dans la cabine pour ressortir avec une bouteille de whisky et deux verres. Alors Mattiew me confia en se frottant les mains : « En fin de compte, je crois que tu pourrais vraiment devenir un bon marin. »

L'après-midi fut très agréable, après avoir dégusté un repas de roi selon Mattiew, et vidé la dernière bouteille de vin du bord pour fêter l'événement, nous naviguâmes sans vraiment pouvoir décrocher nos yeux de cette terre promise qui grossissait au fil des heures, chacun perdu dans ses pensées.

Il est vrai que nous nous attendions à apercevoir la terre d'un jour à l'autre, car la veille nous avions aperçu de nombreux oiseaux de mer. Mattiew, vers le soir avait même vu un fou voler dans la direction que nous suivions. Connaissant l'existence d'une colonie de ces magnifiques oiseaux marins dans le Northland, à la pointe nord de la Nouvelle-Zélande, il en avait déduit que nous n'étions plus très loin. Mais cela n'enlève rien à la magie de ce moment où l'on voit la terre apparaître au loin comme par enchantement, notre splendide terre maternelle.

Je me suis rendu compte que vivre sur terre me semblait si naturel que j'avais oublié l'importance de ce qu'elle représentait pour moi. C'était comme si j'avais perdu un être cher et que par sa disparition je prenais soudainement conscience de l'importance qu'il avait pour moi et que je regrettais alors de n'avoir pas plus profité de sa présence, de ne pas lui avoir accordé plus de mon temps, de ma reconnaissance, de mon amour. Mais heureusement cette fois-ci il me revenait, ou plutôt devrais-je dire Elle, ma terre ferme adorée que je promettais de chérir et de savourer encore plus qu'auparavant. Je comprenais par l'expérience qu'il faut parfois se couper de ce qui fait notre vie habituelle, routinière, pour enfin apercevoir les choses et les êtres qui nous sont chers, de ce qui est superficiel et sans importance.

Enfin, après avoir longé tout l'après-midi la côte est du Northland, et navigué parmi quelques îles, nous entrâmes dans la baie d'Auckland doublant le volcan Rangitoto à tribord. Voiles rangées, nous avancions lentement au moteur, nous frayant un chemin parmi les nombreux bateaux entrant et sortant de la rade. Par radio, Mattiew nous annonça à la capitainerie du port. Heureusement, c'était un habitué des procédures à suivre et je n'eus, je dois le reconnaître, pas grand-chose à faire d'autre que d'écarquiller les yeux et de remplir un ou deux tiroirs de mon cerveau de souvenirs inoubliables : quelle belle arrivée !

Après nous être acquittés de toutes les formalités, une fois nos passeports visés et la visite à bord de la douane terminée, il fut temps pour moi de répondre à l'appel de la terre ferme. J'étais soulagé de voir que tous les papiers de ma cargaison d'œuvres d'art étaient bien en règle et que tout était arrivé en Nouvelle-Zélande en parfait état. Il me fallait téléphoner au plus vite à Mark pour le rassurer. Bien sûr nous n'étions que sur l'île du Nord, il nous fallait encore rallier l'île du Sud en passant par la côte ouest où Mattiew avait une livraison à faire et des amis à voir, passer par le sud par le détroit de Foveaux entre l'île du Sud et Stewart Island, ensuite remonter vers le nord longeant la côte est jusqu'en Banks Peninsula pour enfin arriver à Akaroa. Suivant la durée de notre séjour à Auckland et de celui de notre prochain arrêt sur la côte ouest, il nous faudrait encore environ cinq jours pour que Mark puisse mettre la main sur sa précieuse livraison.

Depuis notre entrée dans la baie d'Auckland, Mattiew avait changé. Si c'est un personnage parfois exubérant, fêtard et empli d'un humour tout britannique, c'est aussi un homme qui sait faire la part des choses et est doté d'un grand profession-nalisme. C'était donc Mattiew l'homme d'affaires, le professionnel qui débarquait ici à Auckland. Il est vrai que Sydney et Auckland sont des escales importantes pour qui gagne sa vie en naviguant dans le Pacifique Sud et dans les îles d'Océanie. Alors il n'y a pas de temps à perdre à terre, c'est là que tout se joue professionnellement, le reste n'est plus que navigation. Tantôt convoyeur, tantôt *skippeur* et guide touristique, tout est bon pour optimiser les bénéfices de chaque trajet et ce sont tous ces petits contrats, ces divers boulots qui définissent l'itinéraire du *Green Dolphin* dans les eaux du Pacifique. C'est une vie d'aventurier, mais pas vraiment de solitaire, puisqu'il n'est pas toujours seul à bord et qu'il possède un incroyable réseau d'amis dans tous les ports du Pacifique et même d'ailleurs. C'est un choix de vie qui semble bien réussir à notre aventureux marin écossais. Mais Mattiew ne parlait pas beaucoup de lui, tout ce que je sais je l'ai glané ça et là durant tous ces jours passés ensemble. Mais je dois dire que je ne suis pas non plus quelqu'un qui pose beaucoup de questions d'ordre privé. À chacun son passé. Ce qui m'intéresse, c'est la personnalité présente de ceux ou celles que les évènements m'amènent à rencontrer.

Avant que je ne quitte le bord pour ma première escapade néo-zélandaise Mattiew me mit au courant du programme, du moins en ce qui me concernait. Il allait être très occupé toute la soirée jusqu'à peut-être tard dans la nuit, il avait beaucoup de coups de téléphone à passer, d'e-mails à lire et à envoyer, plus une ou deux personnes à voir. Mais il ne pouvait pour le moment me dire quand nous repartirions, cela dépendait des évènements de la soirée. Il me confia qu'il n'appréciait que très peu les grandes villes. Si tout se passait bien, nous repartirions le plus vite possible, c'est-à-dire à six heures du matin. J'avais donc quartier libre jusqu'à cette heure matinale.

Je laissais donc Mattiew à ses affaires. Il avait mis une belle chemise bleue, un jean noir, une ceinture en croco d'Australie et des chaussures de ville bien cirées. Ah ! Il avait de l'allure mon Écossais. Surtout pour moi qui avais l'habitude de le voir dans son vieux short et en tee-shirt plutôt crasseux. Il vérifiait le contenu de sa sacoche, pour être sûr de n'avoir rien oublié, quand je lui lançai un dernier « *bye-bye* ». Je l'entendis me répondre : « *Have good fun man ! See you later.* »

Prendre du bon temps, j'y comptais bien. L'urgence était de trouver un distributeur automatique pour retirer de l'argent frais puis objectif « pub ». Une de ces mousses blondes et bien fraîches qui font la fierté des Néo-Zélandais m'attendait quelque part. Je dois admettre que lors de mon dernier séjour j'avais découvert de bonnes bières Kiwi, aussi je hâtais le pas pour sortir du port en direction du centre ville. Impossible de me tromper, je mettais le cap sur la mythique *Skytower* qui domine tout Auckland, le centre ville se trouvant effectivement très proche du port.

Une vingtaine de minutes plus tard j'errais dans les rues et les vastes avenues tirées au cordeau, caractéristiques des villes de pays récents. Rien à voir avec Paris, Londres ou Prague. Ici, en matière de construction urbaine, c'est plutôt le modèle américain qui s'est imposé, dommage. Mais quand on a une histoire aussi courte que celle de la Nouvelle-Zélande avec un développement aussi rapide, on n'a pas trop le choix. En fait, les premiers colons britanniques ne commencèrent vraiment à s'établir en Nouvelle-Zélande qu'au début du XIXe siècle, où ils se heurtèrent aux Maoris qui eux l'avaient colonisée dès le IXe siècle. Et dire qu'avant, ce territoire était vierge de toute présence humaine, difficile à imaginer pour nous Européens avec notre histoire qui remonte aux prémices de l'humanité. Et voilà qu'en à peine deux cents ans avait poussé cette importante ville de 1,1 million d'habitants, ce qui est conséquent quand on sait que la population globale du pays est de 3,8 millions d'habitants pour une surface un peu plus vaste que la Grande-Bretagne. Autant vous dire que l'on ne croise pas grand monde une fois sorti des villes. J'étais vraiment heureux d'être revenu dans ce magnifique pays, mais c'est surtout l'île du Sud que j'affectionne, avec ses paysages grandioses, son côté sauvage et rustique. De plus, si l'île du Sud est la plus grande des deux îles, elle reste quand même la moins peuplée, c'est un trésor aux richesses naturelles aussi extraordinaires que variées.

Je dois avouer que comme Mattiew je n'aime pas les grandes villes. Pour être honnête aucune ville quelle que soit sa taille n'arrive à m'émerveiller comme un simple petit coin de nature peut le faire. Non, vraiment je ne comprends pas ce que certains trouvent de beau dans une ville. Une ville peut être impressionnante, agréable ou intéressante suivant de nombreux critères, mais dire qu'une ville est belle me paraît bien paradoxal. Il faut toutefois faire la distinction entre les métropoles modernes et les villes historiques. Je me rappelle avoir été ému par une petite chapelle sur la côte bretonne dont les vieilles pierres, usées par vents et pluies depuis des siècles et recouvertes de lichen, étaient imprégnées de l'histoire de ce lieu de désolation. Elle faisait face à l'océan et semblait veiller sans discontinuer sur ses fils qui dans la tourmente des tempêtes défiaient la mort pour faire vivre leur famille. Mais au pied d'un gratte-ciel ou de la *Skytower* je restais de marbre et je pensais qu'il était bien infantile de la part des hommes de vouloir montrer leur puissance en érigeant ces structures titanesques, comme pour défier Dieu en personne, lui montrer que les hommes sont maîtres sur terre, quelle modestie ! L'expérience de Babel ne semble pas avoir été retenue.

Enfin alors que j'errais au hasard le long des trottoirs, je m'arrêtai pensant avoir trouvé ce que je cherchais. Je traversai la rue en direction d'un pub dont la devanture était très accueillante, espérant découvrir en entrant un de ces intérieurs chaleureux et confortables dont les Anglo-Saxons ont le secret.

La déesse inconnue

C'est avec cet habituel et étrange sentiment de malaise, cette tension nerveuse due à l'appréhension sans doute causée par une timidité latente, que je poussai la lourde porte d'entrée faite de bois, de verre et de cuivre poli. Je ne suis pas en effet quelqu'un qui se sent chez lui partout où il entre. Non que je ne sois pas sûr de moi, mais plutôt qu'il me faille toujours un court moment d'adaptation quand j'entre dans un lieu inconnu jusqu'alors, sans doute un reste d'instinct primitif qui m'invite à la prudence. Mais cela ne dure jamais bien longtemps. De plus, c'est un sentiment qui n'est pas vraiment désagréable : il contribue à sa manière à l'apport émotionnel qui émane de chaque aventure.

Bingo ! Un véritable pub à l'anglaise, cossu et chaleureux. M'avançant vers l'impressionnant comptoir de bois massif où étaient alignées de nombreuses et rutilantes tireuses à bière, avec cet air sûr et décontracté dont vous savez maintenant qu'il n'est que cuirasse de carton-pâte, je fus accueilli par le bruyant grincement de mes grosses chaussures de marche sur le magnifique parquet ciré. Si Mattiew avait fait un bel effort vestimentaire pour fouler le sol néo-zélandais, je me rendis compte que ma tenue, avec mon treillis sable, mon tee-shirt noir et mon inusable veste kaki – souvenir d'Afrique du Sud – j'avais plus l'air d'avoir ma place au beau milieu d'un bush épineux qu'au milieu d'un superbe pub, royaume des précieux bois cirés, des cuivres polis et des cuirs savamment tannés. Heureusement j'étais en Nouvelle-Zélande, un « pays d'hommes » où il n'y a pas encore si longtemps de cela, la majeure partie des mâles étaient fermiers ou bâtisseurs. Ici les gens sont restés simples et l'on ne juge pas les personnes à leur tenue vestimentaire. C'est un peu moins vrai de nos jours, surtout à Auckland, inévitable orientation du soi-disant monde moderne, monde où apparence et « superficialisme » sont rois.

Enfin si j'attirais de brefs regards un peu plus qu'à l'accoutumée, on ne me mit tout de même pas à la porte. J'ai volontairement omis de décrire cette tête hirsute que j'avais du mal à reconnaître dans les nombreux miroirs qui me renvoyaient mon image quelle que soit la direction où mon regard se posa, m'enfin !

Bon ! De toute façon je n'étais pas venu pour faire un défilé de mode, mais pour répondre à l'appel du houblon et mettre à profit tout ce temps libre avant notre éventuel départ du lendemain matin. Je comptais bien profiter d'une table stable et d'un bon fauteuil qui, accompagnés de merveilleuses bières fraîches, viendraient stimuler mon inspiration.

J'étais bien conscient que hormis la rigueur que je mettais à écrire mon journal chaque jour vécu, le reste n'était qu'un amas chaotique d'écrits les plus divers. Or, si je voulais concrétiser ce désir d'écrire ultérieurement, lors d'un retour en Europe, mon roman, en grande partie autobiographique, qui relaterait les aventures d'un voyageur solitaire à la recherche de ce qu'il est, ainsi que de réponses sur ce qui pourrait être le sens de sa vie, il me faudrait commencer à structurer, organiser, trier et classer mes idées et tout cet extraordinaire bordel littéraire. Cela me semblait une mission quasi impossible. Je décidai donc de garder mon calme et de me laisser aller naturellement, de donner simplement libre cours à ma plume, faire une sorte de résumé de ce dont je voulais parler dans mon futur roman. Peut-être qu'à partir de ce « travail » j'arriverai par la suite à y voir plus clair dans cet embrouillamini.

Mais d'abord, après avoir posé mes affaires à une table dans un coin qui m'offrait une vue d'ensemble sur la salle et alors que la nuit tombait, je commandai une pinte de bière blonde et légère qui étancherait ma soif et qui m'aiderait à m'imprégner de l'ambiance du lieu. Par la suite, je commanderai une pinte de brune forte et légèrement amère, de celles qui se sirotent au rythme de l'écriture, dont le chapeau de mousse dense et colorée ne manque pas de marquer les moustaches.

Tout se passa comme prévu, la page resta blanche durant le temps de ma blonde dégustation, mais quand vint celui de la brune ma plume s'élança sur le papier encore vierge et voilà ce qu'il en sortit :

Je me pose au jour le jour de nombreuses questions, sur moi-même, sur le monde qui m'entoure et sur l'homme en général. Il me semble souvent que les valeurs du monde actuel sont éloignées des miennes, loin de celles que nous présentaient nos pères grecs, patriarches de notre civilisation. Au lieu de condamner ou de critiquer, je cherche à comprendre, à analyser. J'ai trouvé, certes, de nombreuses explications à mes interrogations. Mais comment évaluer la justesse de mes raisonnements ? Je pense qu'il me faudra toujours remettre en question chacun de mes arguments, ainsi que moi-même et mes lignes de pensée. Ainsi, je me concerte avec mes auteurs et penseurs favoris, mais tâche de garder une certaine distance, sinon mes réflexions ne seraient que pâles copies de pensées déjà élaborées par ces hommes qui me sont chers. Ces pages se doivent d'être les miennes, émanations critiques, et je l'espère justes, de mon propre esprit. Pour cela, je me permets de prendre tout être humain qui croise ma route comme cobaye, comme je le suis moi-même en premier lieu. Je me lance dans une sorte d'analyse de l'attitude humaine, qui est la nôtre en ce siècle et celle qu'elle devrait ou pourrait être, si nous appliquions les valeurs humanistes enseignées par nos aînés comme : Platon, Socrate, Antisthène et Diogène de Sinope. Pour rencontrer une grande diversité de personnes, le voyage me paraît le moyen le plus approprié.

Bien sûr, je n'ai pas la prétention d'être celui qui pense juste ou de détenir la vérité en ce qui concerne la pensée humaine. Je ne suis qu'un humble humain parmi tant d'autres à entreprendre cette nécessaire quête du savoir, de la compréhension. À vouloir me connaître : Connais-toi toi-même. À vouloir comprendre mes semblables et les sociétés qu'ils se construisent pour le meilleur et pour le pire. À force de rechercher la vérité, comme Icare, on s'y brûle les ailes et je le sais bien. Mais c'est un travail que l'on doit d'abord accomplir pour soi-même. Je le fais pour mon propre soulagement, curieux et intéressé que je suis par la condition qui est la mienne, la condition humaine.

Un sujet aussi complexe que la vie de l'homme et à travers lui l'avenir de l'humanité, cela à l'aide de la pensée humaniste, se doit d'être entrepris dans un cynisme constructif, avec dérision et humour. Ceux qui veulent entreprendre une telle quête doivent, je le pense, le faire dans la bonne humeur et l'optimisme. Assez de traités philosophiques froids et ennuyeux, écrits par des hommes graves aux airs paternalistes ! Je préfère les écrits d'où émanent la joie de vivre, la chaleur humaine et proposer des solutions empreintes de dérision et d'humour, cela n'enlevant en rien au sérieux du fond. Le tout éclairé par la douce lumière de l'intelligence, de la raison : nous ne sommes pas des statues de marbre ! La dérision est une manière intéressante et constructive d'aborder les problèmes. En fait, je laisse le sérieux aux hommes d'affaires, aux banquiers et à ceux qui l'affectionnent tant.

Le but de tout cela ? Simplement de trouver le bonheur là où il se cache, de s'épanouir dans le sens qui nous est destiné, en total accord avec notre personne – être unique – et toujours de progresser intellectuellement, dans l'amour, le respect et la raison.

Si je parle d'amour et de respect, c'est que pour aimer les autres, ou du moins les respecter, il faut d'abord apprendre à s'accepter et à s'aimer soi-même. Je ne parle pas de narcissisme, mais simplement de se considérer tous comme égaux : n'adulons pas, ne méprisons pas.

Je sais, toutes ces idées ne sont pas nouvelles, mais qu'y a-t-il de nouveau ? Je crois que tout a été dit. Qu'avons-nous vraiment apporté de plus à la philosophie depuis les Grecs ?

Ce qui importe maintenant, c'est l'action. Il est bien de proclamer de belles paroles mais il est mieux de les appliquer et d'abord à soi-même. Je pense que c'est la seule manière de s'épanouir réellement. C'est un dur combat quotidien, il faut sans relâche tourner le dos à la superficialité, l'égoïsme et fuir la bêtise. Pour cela il faut être fort et ne pas hésiter parfois à blesser les gens, par le franc-parler et l'exemple. Les philosophes cyniques nous ont ouvert la voie. En fait je pense que la philosophie cynique est une philosophie qui veut croire en l'homme, mais ce dernier devra s'infliger lui-même un grand coup de pied au derrière. Oui, l'action est primordiale, mais agir pour promouvoir une pensée philosophique est une tâche ardue. Tout réside dans la manière, il ne faut pas sombrer dans la tyrannie. Nous avons l'exemple de certains hommes qui s'y sont essayés comme Diogène de Sinope ou Che Guevara, chacun à sa manière. Mais l'homme préfère admirer Alexandre le Grand, car comme un oiseau stupide, il est attiré, fasciné par ce qui brille. Même si je dois admettre qu'Alexandre avait des valeurs humaines incontestables et j'avoue l'avoir moi aussi admiré par le passé. Je lui attache toujours une certaine affection, mais je m'intéresse ici à la manière d'agir et au résultat.

Mais c'est le pouvoir et l'argent qui intéressent les gens, même ceux qui n'ont ni l'un ni l'autre. Or, ce n'est ni le pouvoir, ni l'argent qui mènent au bonheur, mais bien soi-même. Oui, le bonheur est en nous ! Tout le reste n'est que bonus, et non l'inverse. J'entends dire : Le temps c'est de l'argent. Non ! Le temps, c'est du savoir. À un ami Rmiste qui me disait : « Pourtant, moi, malgré ma condition, je persiste à croire que le temps c'est de l'argent. » À moi de lui répondre : « Alors, tu as vraiment de la chance ! Tu dois être très riche... »

Dans notre société, l'argent est devenu dieu. Ceux qui en ont l'adulent, et les pauvres le vénèrent. L'argent a plus de valeur que sa propre valeur. Il ne faut pas croire que je crache sur l'argent, je voudrais mettre en garde ceux qui fustigent les gens fortunés, par jalousie ou analyse simpliste, leur fortune ne fait pas forcément d'eux des êtres abjects, bon nombre de fortunes sont le fruit d'un dur et honnête labeur. On ne doit pas juger les hommes à leur possession, mais à leur action sur un plan humain. Nous touchons ici à l'essence même du diogénisme. Je me rappelle les paroles d'une chanson qui disait : « il ne suffit pas d'être pauvre pour être honnête... », très juste ! J'ai bien conscience que dans nos sociétés, l'argent est incontournable. Je refuse juste de le voir érigé au-dessus de toute valeur morale. L'argent n'est rien, tout dépend de l'usage que l'on en fait et de la place qu'on lui destine dans nos vies : ce n'est qu'un outil, rien de plus. La monnaie est création de l'homme, elle n'est en rien naturelle. Mais l'homme moderne semble avoir un fort penchant pour l'artificiel et le superficiel. De ce fait, il se crée un environnement artificiel à grands coups de technologie, mais cela au détriment de la nature. De plus en plus coupé de celle-ci, il ne s'y sent plus à l'aise, il se complait dans son nouvel élément en perpétuel changement et il change lui-même, s'adapte, comme il a toujours su le faire et il y croit. C'est une grave erreur. La nature est irremplaçable et elle a encore beaucoup à nous apprendre. Comment renier celle à qui on doit tout ? Comment renier notre mère à tous ? Sans elle, nous ne serons plus humains, et forcément orphelins. Emportés par l'accélération technologique qui paraît sans fin et nous dépasse déjà, c'est un sombre destin qui semble nous attendre. Est-ce dans le monde de Soleil vert [1] *que l'humanité compte s'épanouir ? Ou devrons-nous suivre la destinée des bobacs de Barjavel* [2] *?*

Mais je veux être positif et croire qu'une prise de conscience de ces problèmes est en route, que l'homme ne commettra pas l'irréparable. Car comment ne pas être fasciné par tant de diversité, tant de splendeur, tant de perfection ? La nature représente un vrai miracle à mes yeux, à tel point que je m'interroge souvent sur l'existence d'un dieu.

J'étais encore plongé dans mes folles pensées, l'air grave et concentré, quand au loin, dans le monde réel, une douce musique vint m'extirper de cet état second. Oui... c'était bien une voluptueuse symphonie de voix féminines, empreintes de joie et de jeunesse, mélodies de rires, de gloussements merveilleusement orchestrés par ces pures et divines créatures qui soudain m'apparaissaient baignant dans leur sublime beauté.

Durant quelques secondes j'eus la tentation d'appeler le barman pour le supplier de m'attacher solidement à ma chaise. Oh Ulysse, comme je t'ai compris en cet instant !

Je n'ose à peine évoquer l'air ahuri qui dut être le mien quand, relevant la tête de mon papier raturé, mon être se figea. Je restais

[1] Film d'anticipation de Richard Fleicher (1973).

[2] Les bobacs sont de petits rongeurs adeptes du suicide collectif. Décrit dans le livre de René Barjavel *La faim du tigre*.

immobile, la bouche entrouverte, le regard fasciné, presque interrogateur, mon stylo plume en profitant pour s'échapper de mes doigts et éclabousser d'encre noire quelques mots. Soudain je la vis, alors qu'elle s'installait en si charmante compagnie.

« Éric, ressaisis-toi ! » me dis-je, et c'est ce que je fis prenant une noble posture et la contemplant dorénavant d'un visage serein. Elle était telle une déesse entourée de ses ravissantes prêtresses.

À ma plus grande stupéfaction, elle me lança un premier, puis un second regard furtif mais bien ciblé qui fut accompagné d'un merveilleux sourire un tantinet coquin. Elle paraissait si heureuse, si épanouie et ma présence semblait l'amuser.

Se moque-t-elle de moi ? Ai-je l'air si comique ou même ridicule ? Ou bien me taquinerait-elle à sa manière ?

Elles étaient toutes les quatre assises à seulement deux tables de distance, aussi je pouvais parfaitement les entendre. Elles se racontaient de joyeuses anecdotes et ne cessaient de rire, de renchérir sur les histoires des unes et des autres. Je compris qu'elles étaient étudiantes et qu'elles mordaient dans la vie avec l'impertinente fougue de leur jeunesse. Mais si ma petite déesse souriait beaucoup, riait avec franchise par moments, elle parlait moins que ses copines, ne faisant que rajouter un voile de mystère à sa personnalité d'où émanaient une lumineuse intelligence et une grande force de caractère.

Bien sûr je ne voulais pas avoir l'air d'épier cette charmante réunion, même si ce sont elles qui vinrent s'installer à portée de mes sens. Je mimais donc d'être occupé, tout en étant conscient que mon esprit avait pour l'instant trouvé un tout autre centre d'intérêt. Mais je crois pouvoir dire qu'il en était de même pour notre délicieuse petite déesse, elle semblait par moments déconcentrée, loin de ses amies, et ses somptueuses prunelles d'opaline océane se posaient alors sur ma personne, ne faisant qu'attiser l'intense brasier naissant en moi. Je fondais sans retenue sous son charme.

Puis elle reprenait son sourire et échangeait quelques mots sans me regarder avant de rire à nouveau comme pour masquer son embarras, se libérer de cette emprise incompréhensible qui la conquérait irréversiblement. Je compris alors qu'elle ne s'était point moquée de moi, mais que je l'intéressais, je l'intriguais.

Je crois à un certain langage du regard, comme du comportement physique, ainsi que d'autres signes imperceptibles du visage. Nous avions simplement compris sans avoir à nous parler qu'une relation plus approfondie de nos deux êtres serait à plus d'un titre très enrichissante et sans nul doute des plus agréables.

Je pense vraiment que cela aurait pu être la naissance d'une idylle passionnée, où se seraient entremêlées tendresse romantique et force sauvage de nos corps pleins de vie, si seulement je ne m'étais déjà engagé auprès de Mark. Non pas dans l'attribution de mon corps, je tiens à vous rassurer, mais par l'engagement sur mon honneur de tout faire pour remplir ma mission de protection et de livraison de ses maudites œuvres d'art. Nom de Zeus ! Je devais renoncer à ma merveilleuse déesse, huitième merveille du monde, pour cinq croûtes d'un goût plus que douteux et cette horrible et encombrante sculpture, ce *troll* buveur de bière censé représenter une femme dans la splendeur de sa grossesse. Je n'osais plus regarder ma petite déesse me sachant en danger, je ne devais pas laisser progresser ce désir d'entendre sa voix, douceur des douceurs, m'offrir quelques mots comme autant de baisers destinés à mon cœur. Non je ne pouvais plus tenir en place. Tout ce que j'avais réussi à faire depuis la rencontre de nos regards était de griffonner des ébauches de son visage, joyau des joyaux. Je décidais d'aller chercher une nouvelle pinte.

Faisant face au barman, je la savais si proche, je devinais son regard me scrutant de la mèche la plus folle au sommet de mon crâne aux talons usés de mes godillots. Bien sûr le barman, relevant mon accent, ne put s'empêcher de me demander d'où je venais et nous eûmes une courte discussion pendant laquelle je me savais épié. Me retournant pour rejoindre ma place, je lui fis face durant un court instant. Seulement deux mètres, sans doute moins, nous séparaient durant ces quelques secondes. Aussi je pus déceler des éclats de jade, restés jusqu'alors imperceptibles, parsemer le tour de ses pupilles qui me fixaient avec assurance. Son visage semblait avoir été dessiné par la plus fine des plumes, de la main du plus virtuose des estampeurs japonais, mélange de courbes délicates et sensuelles, et de traits puissants et sauvages, un vrai chef-d'œuvre. Je n'avais à lui offrir que la simplicité de mon apparence de jeune Robinson, apprenti aventurier navigateur d'un pays lointain, cheveux bouclés et barbe sévèrement blondie par de longues expositions au soleil et aux embruns salés, la peau si mate que j'aurais pu être pris pour un métis. Seuls mes yeux vert-de-gris trahissaient mon origine nordique.

Combattant mes tentations et l'invitation d'un soudain petit sourire de sa part, je regagnai ma table d'où je la vis un peu déçue, presque triste de mon refus. Si seulement elle avait su à quel point il fut dur pour moi d'aller à l'encontre de tout mon être, à quel point mon cœur était contracté, m'infligeant une tristesse mélancolique, tant se poursuivait l'oppression douloureuse de cette tresse de regrets épineux qui l'enserrait avec sadisme.

C'est peut-être ce que l'on appelle la maturité ou l'expérience, je ne sais pas, mais j'avais tant de fois cédé à mon cœur par le passé que je savais qu'il me fallait cette fois-ci résister.

En effet, par passion, amour et romantisme je m'étais déjà embarqué dans de drôles d'aventures, laissant tout pour vivre une nouvelle et heureuse destinée, du moins tel fut l'objectif à chaque fois. Bien sûr vous vous doutez bien qu'il en fût tout autrement. Des aventures les plus extravagantes aux plus désastreuses, ma fougue romantique me ramena à chaque fois à mon point de départ, l'expérience en plus mais au prix de grands chagrins d'amour. Dans la folie de ma jeunesse et pour assouvir cette passion qui me fascinait, et qui d'ailleurs me fascine toujours, j'étais prêt à faire le tour du monde, même en patins à roulettes si cela était nécessaire. Ah ! la jeunesse, cette naïveté sans limite. Mais je ne regrette rien, car j'ai aussi vécu des moments amoureux d'une intensité incroyable, même si souvent l'addition fut par la suite bien salée.

Aussi, les regrets m'accablèrent comme une sévère pluie de météorites, quand mon intouchable amour se leva dans toute sa grâce avec ses amies pour quitter le pub. Il ne sera pas dit que je faillis à ma parole, dus-je en payer un prix élevé, non, exorbitant. C'est pourquoi il faut vraiment y réfléchir à deux fois avant de donner sa parole, ou de s'engager sur quoi que ce soit, encore une bonne leçon.

Comme si elle avait compris et pour me montrer qu'elle ne m'en voulait pas, elle fut la dernière à sortir et d'un discret mais significatif geste de sa splendide menotte, me fit un petit geste d'adieu, auquel je répondis presque instantanément. Mais comme elle s'était déjà élancée dans l'entrebaîllement de la porte, sourire aux lèvres, je ne sus jamais si elle vit ma maladroite réponse. Je pris conscience de sa force de caractère et de sa maturité quand je réalisai qu'elle n'avait pas soufflé mot de ma présence ainsi que de l'étrange relation qui fut la nôtre à aucune de ses amies, qui se seraient empressées de me dévisager. Or aucune d'elles ne fit attention à moi. J'en restais admiratif.

Du coup je n'avais plus le cœur à continuer l'écriture de mon texte. Mon regard restait fixé sur les ébauches plutôt réussies de cette divine apparition. Je décidais alors que pendant mon séjour chez Mark à Akaroa où je trouverai tout le nécessaire pour peindre, j'effectuerai son portrait en essayant de faire resurgir la fascination, la magie que j'avais éprouvées lors de sa présence. Je la représenterai avec sa longue et volumineuse chevelure noire déployée dans le vent, un diadème en forme de cygne sur le front, en arrière-plan un paysage puissant, sombre et mystérieux. Oui, je me promettais de peindre cette toile que je nommerai : *la Déesse inconnue.*

Cela faisait maintenant bien trois heures que j'étais assis dans ce pub à penser, à écrire, à boire de la bière et à tomber amoureux. D'ailleurs, tant par l'alcool que par cet embouteillage de pensées et de sentiments dans mon esprit, ma tête commençait sérieusement à tourner. Je n'avais rien mangé de la soirée. Aussi, après avoir consulté la carte, je décidais de commander un filet de *snapper* grillé accompagné de pommes frites et légumes assortis. Le *snapper* est l'un des poissons roi de Nouvelle-Zélande : c'est une sorte de grosse dorade rougeâtre très recherchée des pêcheurs sportifs et des fins gourmets.

Quelques instants plus tard, alors que je commençais tout juste à savourer cette délicieuse cuisine néo-zélandaise, que j'accompagnais bien sûr d'une nouvelle pinte de bière, j'eus l'idée d'une petite histoire qui reprendrait cette fascination que peut éprouver l'homme pour la femme dans toute sa beauté mais aussi sa potentielle dangerosité. L'inspiration venant, j'imaginais les deux personnages dans un fumoir, lieu de ralliement de la gent masculine. Ces deux hommes, de classe moyenne, sûrement commerçants ou boutiquiers, d'une quarantaine d'années, tous deux célibataires, espéraient fonder une famille dans les années à venir. Mais pour l'instant, je les voyais plutôt comme des Bouvards et Pécuchets expérimentant les rapports entre ces mystérieuses créatures que sont les femmes et leur propre personne intriguée et maladroite.

L'histoire se passe donc dans le fumoir d'un hôtel privé, dans un vieux quartier londonien, par une froide et pluvieuse soirée d'automne de cette fin de XIXe siècle :

Fleurs éphémères ou fleurs amères

« Bonjour mon ami que je n'ai vu depuis de longues semaines.

— Bonjour à vous que je suis heureux de retrouver.

— N'ayant plus eu de vos nouvelles je me suis dit que l'amour vous avez rencontré, aussi je voulus vous laisser savourer, vous délecter de ces sublimes et rares moments qui ne durent que le temps d'une floraison, plus ou moins bref suivant l'espèce de la fleur conquise.

— Je vous remercie de vous être tenu éloigné tout ce temps et de n'être point venu gâcher mon plaisir de vos cyniques mais si justes paroles. En effet, je connus la passion et l'extase, mais ce fut pour moi une de ces fragiles et éphémères fleurs sauvages qui disparaissent trop vite mais dont la sublime finesse, l'indescriptible couleur et le plus transcendant des parfums vous marquent l'esprit jusqu'au soir de votre dernier souffle.

— Je comprends que cela puisse vous faire souffrir, mais oh combien je vous envie ! Je suis prêt à subir bien des tourments pour pouvoir à nouveau vivre cela. Je me sens prêt à cueillir la plus délicate, la plus raffinée et la plus parfumée des fleurs sauvages, même si elle doit s'avérer être la plus éphémère. Ces moments-là n'ont pas de prix.

— Oui, vous avez bien raison ; et même si je souffre que ce qui fut si réel ne soit à présent que fantasmes impalpables, je suis tout de même heureux que tant de beauté illumine désormais mon esprit. Je suis prêt à payer n'importe quel prix pour revivre cela.

— Attention, mon ami ! Car il nous faut être prudents. Je connais un homme qui était un cueilleur renommé, jusqu'au jour où, attiré comme un papillon par la fascinante douceur d'un somptueux pistil, il ne prit pas garde au piège et le voilà à présent prisonnier d'une fleur carnivore, à l'apparence trompeuse, au toucher épineux, à l'odeur tombale et au goût amer. Croyez-moi, il nous faut nous méfier. De plus, à ce que l'on dit, celles-ci sont loin d'être éphémères, c'est elles qui nous survivent et se mettent en quête d'une nouvelle proie. Dans les

veinules de leurs pétales s'écoule un sang plus noir que l'encre du plus sombre des céphalopodes. Elles ne sont point rares, leur apparence est multiple et notre climat européen leur sied à merveille. L'idée qu'elles nous viennent des tropiques est totalement erronée : elles sont bien de chez nous, elles ont toujours été là mais, je ne sais par quel stratagème, jamais démasquées. Elles attendent leur proie, tapies dans un coin sombre quand elles sont vieilles et moins aguichantes, ou se dressent en plein champ quand elles sont jeunes, usant de leur apparence trompeuse et de divers maléfices auxquels les hommes ont beaucoup de mal à résister. Oui elles attendent leur proie, elles nous attendent.

— Mon Dieu, mais c'est que vous me feriez presque peur avec votre histoire et votre air inquiétant. Je ne sais plus que penser. Mais vous avez raison, soyons prudents.

— Oui, vigilance, méfiance, trouvons la force de résister à certaines tentations qui sont la faiblesse de notre sexe.

— Mais croyez-vous vraiment cela possible ? Autant demander à l'ours d'ignorer le miel, au chat de refuser le lait, et à la loutre de ne pas se baigner dans l'eau claire et pure.

— Je crains mon ami que nous ne puissions résister à l'irrésistible, mais nous ne serons pas les premiers et tant qu'hommes il y aura, il n'y aura pas de dernier. »

J'avoue m'être bien amusé en imaginant ces deux personnages, bien habillés, portant le veston et la montre à gousset, qui, dans la pudeur de leur époque, parlent de sexualité de manière métaphorique. Comme pour achever le portrait de ces – il faut tout de même le dire – ridicules personnages, je tiens à ajouter qu'ils étaient tous deux affublés de volumineuses rouflaquettes – aussi surnommées « accroche-cœurs » – méticuleusement peignées, les rendant sans nul doute irrésistibles auprès de ces Dames.

Mais alors que je relisais, en jetant un furtif coup d'œil à ma montre, je m'aperçus qu'il allait bientôt être minuit.

« Mon Dieu que le temps passe vite parfois ! » Je pensais, me sentant un peu fatigué, qu'il était temps de rejoindre le bord.

J'étais vraiment heureux de cette soirée passée en solitaire, premier et encourageant moment sur cette terre de Nouvelle-Zélande. Après avoir rangé mes affaires dans mon petit sac à dos et remercié le barman, je me retrouvai à nouveau dans la rue. Si mes souvenirs étaient bons, il me faudrait d'abord prendre direction bâbord, puis cap droit devant sur une centaine de mètres, puis tribord, puis bâbord, puis remonter une vaste avenue, et enfin, après une dernière manœuvre à tribord, je me retrouverai face au port. Mes souvenirs se trouvèrent être justes puisque j'arrivais essoufflé sur le port une vingtaine de minutes plus tard. Je sentais mon ventre légèrement ballonné sans doute à cause du « petit » excès de bière. Aussi passant près d'un sympathique banc faisant face au port et aux nombreux voiliers qui mouillaient silencieusement, comme s'ils étaient endormis, je décidai de m'y asseoir.

Dans l'agréable douceur de cette nuit de printemps, j'allumais une cigarette en regardant cette calme forêt de mâts et les lents mouvements des pavillons. Je repensais à toute cette merveilleuse journée, et à cette soirée riche en romantisme.

Il m'arrive souvent de repenser à toutes ces délicates lèvres qui se sont entrouvertes sur les miennes, ainsi que sur les surfaces les plus sensibles de mon corps, à tous ces regards, indescriptibles lueurs aux rares couleurs des plus pures pierres précieuses, force et chaleur volcaniques, pénétrant les profondeurs de mon âme. Aussi ai-je même souvent honte d'user de si pauvres métaphores, pour décrire l'effet que ces demoiselles dans leur sublime féminité peuvent produire sur ma personne. Je ne les vois pas comme autant de trophées, de glorieuses victoires remportées sur les champs de bataille de la séduction, mais comme autant de moments intenses où la passion et la force des sentiments éclairaient la métamorphose de nos corps nus, l'osmose de la fusion de nos êtres, ce partage sans limite, cet acte où chacun se sépare d'une part invisible de sa personne. Elles sont en moi pour toujours comme autant de créatures divines, si exquises. Elles m'ont tant enrichi et je les en remercie toutes. L'amour n'est-il donc pas l'acte humaniste le plus parfait, le plus complet ?

J'écrasais ma cigarette, glissais le mégot dans ma poche et décidais d'aller me coucher. Je sombrerai sûrement dans un profond sommeil en l'espace de quelques secondes. Toutefois, il me fallait encore corriger un dernier point, et rendre ses lauriers à César. En effet, après réflexion je dois avouer que ce n'est pas dans les coins de nature les plus reculés que l'on trouve la plus grande densité au kilomètre carré de jolies filles. Or, je me rappelle avoir dit que les villes ne sont pas pour moi synonyme de beauté. Pourtant il n'y a rien de plus beau sur cette terre à mes yeux qu'une charmante jeune femme. Dorénavant quand une personne me dira qu'une ville est belle, je lui répondrai que la beauté d'une ville réside en celle de ses femmes.

Décidant de mettre fin à mes élans romantiques, du moins pour cette journée, et comme pour prouver le sérieux de mon engagement, j'entreprenais de me soulager dans le petit bosquet jouxtant mon banc : ah, la bière !

Contrebandier malgré moi

J'étais nu, libre et heureux, et voilà que passait un dauphin, presque contre moi. Je m'empressai de saisir sa nageoire dorsale et youhouu ! Il m'entraînait en poussant de petits cris de joie aigus. Moi je riais intérieurement, ne pouvant ouvrir la bouche de peur de boire la tasse. Il m'amenait vers une petite île entourée d'un divin lagon. Alors qu'on en approchait, je vis sur une plage de sable blanc, me faisant des signes de la main, ma sublime déesse inconnue tout sourire aux lèvres, elle aussi nue, elle faisait même de petits bonds de joie.

« J'arrive, j'arrive ! » criai-je entre deux baquets d'eau venant m'éclater au visage, « j'arrive ! ».

Quand soudain j'entendis une voix d'homme me dire en anglais : « Ouais, c'est ça saute dans ton froc et ramène ta fraise, je fais chauffer le café ».

Hein ? ? ? Comment ? Qu'est-ce que... ?

Durant quelques secondes je fus complètement perdu, désorienté. Mais tout devint plus clair quand je vis Mattiew passer dans un de ses immenses slips « blancs », baillant et se grattant une fesse de surcroît.

« Bienvenue dans la poétique réalité des hommes » me dis-je à voix basse. Ce fut un pénible moment car durant un instant je crus vraiment que j'allais la rejoindre sur cette plage paradisiaque, mais j'avais quand même eu la chance, le privilège de la contempler dans sa parfaite nudité. Un instant inoubliable.

Je saisis ma montre près de ma petite lampe de chevet. Six heures moins le quart. Pour moi qui n'ai jamais été matinal, ce fut toujours un abominable supplice que de m'extirper d'un lit bien chaud pour affronter la froide obscurité matinale, mais quand il faut, il faut. Allons, debout mon gars, me dis-je. J'avais bien entendu Mattiew rentrer cette nuit. D'ailleurs, il n'était pas seul, je l'avais entendu parler avec un homme et faire un peu de bruit comme s'il transportait quelques caisses ou cartons, sans doute une petite cargaison de dernière minute. Mais j'étais trop endormi pour me lever. De plus, je me rappelle m'être dit que de toute façon il me réveillerait aux aurores pour l'aider à larguer les amarres. Une demi-heure plus tard c'est ce que nous fîmes, puis nous glissâmes sur l'eau noire et lisse alors que l'aube pointait à l'horizon. Emmitouflés dans nos anoraks, nous nous mêlâmes aux nombreux bateaux qui quittaient cette somptueuse baie d'Auckland encore endormie, un bon nombre d'entre eux pour aller pêcher dans le Pacifique. Mattiew m'expliqua que nous, nous reprendrions la route par laquelle nous étions arrivés, donc cap au nord pour contourner le Northland et rejoindre la mer de Tasman, puis nous descendrions plein sud longeant par le large la côte ouest des deux îles durant moins de deux jours pour enfin arriver dans un petit port au sud de la côte ouest de l'île du Sud. C'était d'après lui la meilleure route à suivre, car la plus rapide et la plus tranquille. Je lui dis que je n'étais que mousse et que je lui faisais entièrement confiance quant aux routes à prendre.

Je fus surpris par l'attitude de Mattiew lors de cette première journée de navigation en direction du sud. En effet, il était bien différent qu'à l'habitude, il était sérieux, pensif, je le sentais même stressé. Il passait encore plus de temps sur le pont à scruter l'horizon avec sa paire de jumelles, surveillant le moindre bateau apparaissant au loin. Il me donna comme instruction de le prévenir si je découvrais un nouveau navire. J'ai toujours été très réceptif au stress des gens. Il ne fallut pas longtemps pour qu'il me le communique. Alors je scrutais l'horizon du gaillard d'avant avec les jumelles, comme pour le rassurer, et je sentais que quelque chose ne tournait vraiment pas rond. Je décidais d'élucider ce mystère en récapitulant les évènements passés et en émettant de nombreuses hypothèses. De toute façon, je devrais me passer de l'aide de Mattiew qui s'était enfermé dans un certain mutisme, ne communiquant que pour donner des instructions comme l'aurait fait un général à une ordonnance. De plus, je trouve qu'il aurait été indiscret, voire même impoli de ma part de le questionner sur une affaire privée. Je respectai donc son humeur et son mutisme, mais n'abandonnai pas pour autant ma petite enquête.

Durant un moment il retrouva son enthousiasme et son humour, lorsque se produisit un évènement inattendu et apparemment rarissime. En effet, alors que le soir commençait à s'annoncer et que j'attendais comme à chaque fin de journée un splendide coucher du soleil, qui je l'espérais embraserait les cieux de fabuleuses et chaleureuses couleurs avant de disparaître dans les abysses glaciaux où il irait sûrement surprendre quelques monstres marins. Un tout autre spectacle vint s'offrir à nos yeux ébahis. Un de ces fabuleux monstres marins, n'ayant pas eu la patience d'attendre dans les profondeurs océanes la venue de notre astre incandescent, vint flirter avec nous, longeant un instant le flanc à bâbord de notre petit « cétacé vert ». Nous le vîmes pratiquement au même moment, et après un furtif regard échangé, pour être sûr que personne ne manquait cet instant magique, nous restâmes sans parler, les yeux écarquillés, fascinés et en même temps un peu effrayés. Nous ne voulions pas perdre une miette de cette incroyable vision. Tout d'abord j'avais vu une traînée d'écume. Je crus un instant que c'était un poisson volant qui profitait d'une vague pour décoller, mais je vis soudain une nageoire dorsale fendre lentement l'eau comme une lame bien affûtée. Elle était si grande que durant un court instant je me demandais si elle finirait un jour de sortir. Aucun doute, vue la très nette caractéristique de cette gigantesque nageoire, je sus tout de suite qu'il s'agissait d'un squale. Mais ce requin-là avait des dimensions « léviathanesques ». Au travers de la surface et de l'écume on pouvait bien discerner une longue nageoire pectorale ainsi que la caudale qui fit même deux brèves apparitions hors de l'eau quand le monstre donna nerveusement de la queue pour se propulser et gagner quelques mètres sur le voilier. Le reste de son corps n'était qu'une imposante et élancée masse sombre. Il s'approcha à seulement quelques mètres de nous : le *Green Dolphin* nous parut alors bien petit. Je lui aurais donné sept mètres de long, même peut-être plus, il devait bien peser quelques tonnes : quel magnifique animal ! Magnifique mais terrifiant, car devant un tel spectacle on n'a pas envie de tomber à l'eau. En fait, cette apparition ne dura pas plus de cinq minutes, puis il repartit d'où il était venu, dans les obscures profondeurs que nous survolions dans notre petite coque d'acier.

Ce n'est qu'après la disparition de notre terrible visiteur, que nous nous remîmes à parler, plutôt à nous exclamer en gesticulant comme une bande de chimpanzés tout excités. Nous libérions nos émotions tout en riant. J'étais heureux de retrouver pendant ce moment le Mattiew que je connaissais, avec son humour, sa joie de vivre. Il me dit que j'avais beaucoup de chance, car depuis le temps qu'il naviguait dans le Pacifique, ce n'était que la troisième fois qu'il rencontrait un grand requin blanc, et celui-ci était de loin le plus gros. De plus, les requins blancs sont plus fréquents à l'extrême sud de l'île et dans quelques endroits de la côte est où les colonies d'otaries sont nombreuses.

Il était très surpris qu'on en ait rencontré un dans les eaux où nous étions, et d'une telle taille. J'imaginais la large mâchoire hérissée de centaines de dents tranchantes comme le bistouri de ce redoutable prédateur d'otaries, de pingouins et de toute chair alléchante passant à sa portée. J'imaginais même qu'il devait lui rester des lambeaux de chair coincés entre les dents et je suis sûr qu'il se serait volontiers brossé ces dernières avec un jeune mousse français, oups !

Je pensais pendant un instant que mère nature nous avait envoyé ce somptueux cadeau pour nous détendre, pour évacuer le stress ambiant. Ce fut, je dois le dire, une réussite. Si Mattiew restait un peu tendu, il paraissait plus léger, surtout quand, ne pouvant retenir un léger sourire, il m'informa, qu'après avoir fait le point il pensait que nous doublions le détroit de Cook et que nous commencions donc à longer l'île du Sud et sa fabuleuse côte ouest.

Je pense que c'est à ce moment-là que je compris ce qui l'inquiétait, et pourquoi il se sentait mieux maintenant, juste quand nous entrions dans des eaux peu naviguées et donc peu policées. Oui, tout m'apparut enfin, surtout avec le souvenir de cette dernière livraison nocturne alors que j'étais endormi dans le port d'Auckland. Mon capitaine serait-il un contrebandier ? Se pourrait-il que cet honnête homme, du moins je le croyais, me mêle à une affaire louche, me faisant passer du simple mousse au rang de contrebandier et cela malgré moi ? J'avais vraiment du mal à le croire, mais les faits étaient là et tout semblait corroborer l'aboutissement de mon raisonnement. Aussi je m'isolais à l'avant du navire pour réfléchir. Après une demi-heure de cogitation, j'en vins à la conclusion que oui, apparemment cette dernière petite cargaison se situait en dehors de toute légalité, mais que non, je ne pouvais pas m'être trompé sur la personne de Mattiew, surtout après tout ce temps passé ensemble. Il ne pouvait donc s'agir que d'un petit accroc à la loi, rien de très grave. Mattiew est un humaniste, même un diogéniste qui s'ignore. S'il est capable de quelques écarts de temps en temps par rapport à la loi des hommes, il ne ferait jamais quelque chose de crapuleux ou de vraiment mauvais sortant des règles de l'humanisme. Je décidais donc de continuer à lui faire confiance. Il ne pouvait s'agir que de cigarettes, d'alcool, ou d'autres produits détaxés, ou même d'herbe qui fait rire mais jamais de drogue dure ou d'armes. De plus, je savais que si nous en venions à nous faire arrêter il me disculperait et assumerait ses actes. Mattiew est vraiment quelqu'un de bien, il est même capable d'avoir fait cela pour rendre service à un ami qui l'aurait aidé dans le passé, car c'est un homme d'honneur et de paroles. Je compris son stress car la justice néo-zélandaise est réputée dure. Pour ce genre de chose les amendes sont élevées et le bateau pouvait être saisi. Enfin, maintenant que je savais, et vu le peu de chance de se faire prendre là où on était, tout allait bien, cela rajoutait même du piment à mon aventure. Me voilà ainsi navigateur, aventurier et contrebandier, véritable Monfreid du XXIe siècle, il ne nous manquait qu'une couleuvrine sur le gaillard d'avant, au cas où nous croiserions quelques pirates sur notre route, qui sait ? Je crois que plus grand-chose ne pouvait alors m'étonner. D'ailleurs j'avais même lu qu'il y avait encore des cas de cannibalisme de nos jours en Nouvelle-Zélande. Si les Maoris furent de féroces guerriers cannibales dans le passé, je crois surtout que l'auteur était une plume en mal d'exotisme. Enfin, si je finis dans une marmite baignant dans une mirepoix de légumes, je ne nierai pas avoir été prévenu.

Grâce à la dérision et à mon imagination, je retrouvais à nouveau une humeur plus légère.

Mes yeux s'embrasaient emplis du reflet de cet incendie céleste tant attendu, dans un rougeoiement de métal en fusion tout droit sorti des forges de Vulcain et avec la puissance de mille ogives nucléaires, c'est l'ouest en son cœur qui se consumait, ravivant dans le mien cette mystérieuse petite lampe à huile de terre cuite, d'où scintille cette fluette flamme au parfum sacré. Mattiew, à la barre, contemplait tout comme moi ce superbe coucher de soleil, il était plongé dans sa propre nostalgie.

L'instant s'y prêtant à merveille et Mattiew ne pouvant m'entendre de son poste, je ne pus résister à l'envie de déclamer à voix haute un court poème que j'avais écrit lors de mon premier voyage dans cette île du Sud si chère à mon cœur :

« Sombre histoire d'amour avortée
Sombre beauté d'une noirceur immaculée
Noir désir de mon corps de la souiller
Noirs et longs cheveux par les vents déployés
Rouge est le ciel sur les eaux embrasées
Rouge est le sang des amants sacrifiés

Prisonniers souvenirs et tourments enivrants
Aux damnés de l'amour condamnés sans recours. »

Cette nuit-là, après m'être acquitté de mon tour de surveillance et avoir constaté que le petit « Nono » faisait bien son travail, je revins me coucher. Mais durant de longues heures je ne pus trouver le sommeil, trop excité à l'idée de fouler à nouveau le sol de l'île du Sud. Mon imagination prenant le relais, je restais à penser, allongé sur ma couchette. Un instant je me crus dans les entrailles grinçantes et suintantes du *Pequod*, au travers des ronflements alcoolisés de l'équipage. Je m'attendais à entendre le lugubre martèlement espacé d'une jambe taillée dans la mâchoire d'un cachalot, celle du terrible capitaine Achab ruminant sa vengeance contre sa monstrueuse et légendaire baleine blanche. La mystérieuse et angoissante profondeur des océans a toujours exercé sur les hommes peur et fascination. Alors que nous parlons d'explorer l'espace, mers et océans conservent jalousement un grand nombre de secrets extraordinaires propices à exciter notre imagination. Qui sait quels fabuleux paysages nous survolions dans cette nuit calme ? Des montagnes, des vallées et des canyons seuls connus de leurs étranges et inquiétants habitants, et seulement quelques millimètres d'acier me séparaient de ce monde inconnu où cachalots et calamars géants se livrent des combats titanesques, où le prédateur glisse silencieusement à la faveur d'une glaciale obscurité marine, où la proie scrute de ses yeux affolés cette mort invisible qui, sous la forme d'une mâchoire incisive, d'un puissant tentacule, d'un bec acéré où des plus étranges pièges et stratagèmes, menace de vous broyer, de vous trancher, de vous étouffer, ou même de vous électrocuter, toujours par surprise quand vous vous y attendez le moins, quand tout est calme, quand le silence est complet et vos sens engourdis. Ici pas de gémissement ou de cri d'agonie, des millions de litres d'eau étouffent le moindre bruit, c'est un rideau rouge qui salue votre tragédie, un nuage écarlate qui fut le fluide de votre vie.

On m'a souvent dit que j'avais une imagination débordante, ce fut tantôt un compliment, tantôt une critique quand la remarque émana d'esprits limités ou bornés. Pour ma part, l'imagination est un don extraordinaire propre à l'humain, il serait donc stupide de ne pas le mettre à profit, et ce serait renier ce qui fait en partie l'intérêt d'être un humain. C'est un outil d'analyse, de recherche et même un moyen de projections futuristes. L'imagination se nourrit du monde réel, mais ses capacités semblent infinies et je peux comprendre qu'elles puissent effrayer, par la puissance qu'elles représentent et les possibilités incroyables qu'elles nous offrent. Mais je n'aime pas entendre certaines personnes, pleines de certitudes et de vérités illusoires, juger, critiquer et faire des êtres imaginatifs de doux rêveurs. Je conteste cette accusation. Non, je peux vous assurer que je ne suis pas un doux rêveur et que mes deux pieds suivis de mon esprit sont solidement ancrés dans le monde réel, même si ce dernier m'inspire souvent tristesse, déception et douleur. Je ne me cache aucune réalité et en cela je suis sûrement bien plus réaliste que bon nombre de mes accusateurs.

De « grands hommes » que l'on a qualifiés d'avant-gardistes étaient emplis d'une imagination incroyablement fertile, comme Léonard de Vinci, Jérôme Bosch, J.-S. Bach, Jules Vernes et bien d'autres, et croyez-moi ils furent loin d'être des doux rêveurs. Ils surent se servir de l'imagination pour mener à bien leurs œuvres sans se détacher de la réalité. Tout consiste à maîtriser ce puissant outil de l'esprit pour l'orienter dans le sens désiré, et ainsi explorer en profondeur, loin de ce que nos yeux peuvent voir, ce qui fut, ce qui est, ce qui sera ou ce que pourrait être la réalité sous ses formes les plus diverses. Grâce à l'imagination tous les mondes nous sont ouverts.

Penser, imaginer des mondes les plus ténébreux, royaume des angoisses, aux plus étranges, aux plus délirants, valses de couleurs et de joie. Oui, je me suis vu tantôt combattant enivré par cette folie latente qui nous habite, baignant dans les chaos de la déchéance humaine, tantôt traversant les océans sereinement assis en tailleur sur le dos d'une grosse baleine. Un jour une proche connaissance me dit que je ferais mieux de travailler plus, de prendre ma vie en main plutôt que de chevaucher des cétacés imaginaires. Encore un esprit limité, réfractaire à tout élan artistique. Je me suis bien sûr abstenu de lui dire que j'en avais pourtant bel et bien un jour chevauché une. Je vous garantis qu'elle était bien réelle. Je la revois, confortablement échouée, occupant les trois quarts de mon lit me gratifiant d'un large sourire toutes mamelles à l'air. Je n'avais pourtant pas mis mon bonnet rouge. Un couple incroyable ! Imaginez un splendide spécimen de baleine nordique et moi, tout menu tel un bernard-l'hermite hors de sa coquille. En voilà une idée intéressante pour une « poilante » nouvelle animalière !

Petit à petit mes pensées s'embrouillèrent, la nuit eut raison de moi, aux pensées lucides se substituèrent des rêves incompréhensibles. Le cerveau ne s'arrête donc jamais de travailler ? Cela me fatigue rien que d'y penser.

Un bain divin

Nous étions arrivés en fin de matinée après avoir longé la côte et admiré depuis le lever du jour l'imposante chaîne de montagnes que constituent les Alpes néo-zélandaises. Je fus vraiment impressionné par ce mur naturel aux sommets enneigés qui venaient lécher les nuages ou s'y perdre. Du niveau de la mer, à bord du *Green Dolphin*, j'eus l'impression qu'il s'agissait d'une gigantesque vague dont le sommet d'écume blanche menaçait de nous tomber dessus, de nous aplatir par la masse de ses millions de mètres cubes enragés. Heureusement pour nous, le plus colossal des tsunamis resta figé dans sa splendeur. Tel un guide touristique, Mattiew m'instruisit en nommant bon nombre de sommets, le mont Arrowsmith 2795 mètres, le mont Cook 3754 mètres et juste derrière Port Jackson où nous allions séjourner, le mont Aspiring 3035 mètres.

Ce petit Port Jackson, perdu au pied de ces géants de roche, m'a fortement ému car je ne m'attendais pas à un tel endroit, si pittoresque, si petit, si éloigné de tout, si... si incroyable, oui c'est bien le mot, incroyable. C'est de loin le plus petit port que j'ai vu durant tous mes voyages. La flotte de pêche se constituait d'un petit chalutier, un très ancien modèle, et de quelques barques de pêche dont certaines reposaient sous l'eau tout en étant encore arrimées à l'unique ponton du « port ». Quant aux habitations, il y avait une dizaine de baraquements en plus ou moins bon état, plus quelques granges et une ou deux ruines de bois menaçant de s'écrouler.

« Ici c'est le bout de la route de la côte ouest, après commence le Fiordland, sauvage et inhabité » me dit Mattiew. Oui cela ressemblait même au bout du monde. La « ville » la plus proche à une trentaine de kilomètres au nord se nomme Haast, elle compte 295 habitants, Mattiew devait s'y rendre le lendemain. Moi, j'étais heureux de découvrir un tel lieu : je profiterai de nos deux jours d'escale pour visiter les environs. L'échéance de cette merveilleuse aventure maritime était proche, notre prochain arrêt étant Akaroa d'où Mattiew et son fidèle *Green Dolphin* repartiraient sans moi pour les îles Samoa m'avait-t-il dit.

Alors que je m'apprêtais à débarquer, sac sur l'épaule, c'est avec la plus grande diplomatie que j'expliquais à mon Écossais préféré que je profiterai de cette halte à terre pour dormir dans un vrai lit et surtout pour prendre un délicieux bain chaud. Je choisis ainsi chacun de mes mots pour ne pas froisser sa fierté de commandant de navire.

Il me répondit avec humour qu'il ne s'attendait pas à mieux de la part du délicat *« Frenchy »* que j'étais. Mais il m'invita tout de même à le rejoindre ce soir-là à l'unique pub du coin. J'acceptai volontiers, soulagé de le voir si souriant. Il ajouta qu'il se pourrait qu'il passe lui aussi la nuit à terre, non par recherche de confort, mais parce qu'il se pourrait bien qu'une belle sirène autochtone reconnaisse en lui le digne descendant de William Wallace qu'il était. Je lui conseillai alors très amicalement de ne pas trop alcooliser ce fameux Wallace, pour plus de réussite. S'accompagnant d'un geste de désapprobation, il m'envoya tremper mes fesses de *« froggies »* dans mon bain et me somma de le laisser s'occuper des affaires d'homme.

Sur ce, nous nous quittâmes dans un rire sincère et partagé. Ainsi, je m'envolai d'un pas léger et joyeux vers ce petit havre de confort qu'était ce vieil hôtel tout de bois construit faisant face au *wharf* : le Mariner Lodge.

Malheureusement pour moi, l'hôtel n'était équipé que de douches collectives. J'expliquai alors avec un immense désarroi l'ampleur de ma détresse. À mon grand étonnement, le patron des lieux, cet homme énorme à la barbe impénétrable qui m'avait paru un peu rude au premier abord, me proposa avec un large sourire velu d'utiliser sa propre baignoire, sa maison jouxtant l'hôtel. Je ne pouvais refuser une offre aussi gracieuse, venant d'un homme si énormément bon. De plus, je me réjouissais à l'avance de la largeur de cette merveille, fruit mûr et longuement convoité durant ces longues journées de navigation.

Une vingtaine de minutes plus tard, après avoir déposé mes affaires dans la chambre, je me prélassais avec délice, comme massé par mille délicates mains, dans l'eau chaude et fumante que m'avait fait couler avec une infinie gentillesse la femme du tenancier. Et si j'avais déposé avec sérénité, sur le bord de la baignoire, un long poil dru et sévèrement frisé ne semblant pas m'appartenir, et qui naviguait nonchalamment à mes côtés, rien ne pouvait troubler l'immense plaisir qui m'emplissait. Je restais ainsi de longues minutes, les yeux fermés. Cette calme et chaude atmosphère m'invitait à la méditation. Les images les plus diverses défilaient et se superposaient dans mon esprit. Peut-être était-ce dû à un long séjour éloigné de toute féminité, mais je vis les ravissants visages de celles que j'avais aimées et les courbes délicates et sensuelles de leur corps nu. Elles étaient toujours en moi et ne me quitteraient jamais. Alors que je sentais m'envahir le désir d'effleurer avec douceur leur peau de pêche, ému par tant de beauté, j'ouvris lentement les yeux.

Mon regard se fixait désormais sur cet étrange plafond. Les couches de peinture, successivement appliquées durant les années, étaient écaillées. De petites plaques pendaient, menaçant de tomber dans mon bain, le tout recouvert de nappes de moisissure plus ou moins sombres selon leur ancienneté.

Une tache sur la droite attira particulièrement mon attention. On aurait dit un visage de profil, un visage familier. À ma grande surprise, je me reconnus. Oui, c'était bien moi, aucun doute sur ce gros nez pointu à la forme caractéristique que je mis tant d'années à accepter.

Alors que je scrutais chaque détail de ce fabuleux plafond, m'apparurent de nombreux motifs et visages me rappelant des étapes de ma vie, d'heureux et tristes souvenirs. Si la plupart de ces visions disparurent, mon profil moisi, lui, persistait encore comme pour me rappeler que nos erreurs, nos regrets, eux, ne s'effacent pas par magie. Ce sont des poids que l'on porte sur nous à vie, tels de sombres galets dans le fond de nos poches. Je dois avouer que pour ma part, j'avais les poches bien remplies ; j'espérais alors que par une usure naturelle, un jour celles-ci céderaient, laissant échapper leur contenu. Mais j'étais bien conscient que la seule manière de m'en débarrasser serait un jour de me dénuder, suivant l'exemple de Diogène.

Une mousse pour mon mousse !

Il m'arrive assez souvent de repenser à de petits moments vécus, parfois très lointains, avec une étonnante précision, pourtant ce sont pour la plupart d'entre eux des situations sans importance que l'on pourrait même qualifier de futiles ou banales. Pourquoi sont-ils restés gravés avec tant de détails dans mon esprit ? Je n'en sais fichtrement rien, mais je suis toujours étonné de revivre avec tant de réalisme ces petits passages de vie, dont certains issus de ma « tendre enfance ». C'est un souvenir beaucoup plus récent que mon esprit décida de me faire revivre sans que j'en fasse pourtant la demande, celui d'une nuit calédonienne.

Essayant d'échapper à la persécution de cette suffocante chaleur tropicale, je m'étais endormi nu sur mon matelas. Mais, guettant non loin de mon lit que le marchand de sable se soit éloigné, une araignée décida de venir croquer goulûment cette fesse qui illuminait de sa blancheur l'obscurité de la petite chambre, tel un appât de pêche fluorescent au fond de l'océan. Bien sûr, à mon réveil je fus offusqué en constatant le douloureux délit. Je m'imaginais alors la vilaine bête, confortablement installée au sommet de mon postérieur, m'incisant de ses mandibules affûtées et buvant une bonne rasade de mon fluide de vie. Oh malgré son hideuse apparence je lui pardonnais déjà son irritant larcin, je partageais malgré moi, une fois de plus, un peu de cette vie miraculeuse qui m'anime. Mais toutefois, gare à elle et aux autres insectes parasites si je les surprends, car telle est la règle du jeu, pas vu, pas pris !

De toute façon cette « vie miraculeuse » m'appartient-t-elle ? Ou bien ne suis-je qu'une sorte de locataire, de bénéficiaire momentané ? Il est vrai que je n'ai pas choisi le jour de son acquisition, comme je n'aurai sûrement pas à choisir celui de sa perte.

Quoi qu'il en soit je suis sûr que le destin a dû me venger et que le malhonnête arachnide a fini ses jours dans l'estomac d'un caméléon ou dans celui d'un margouillat, à moins qu'il ait subi l'aplatissement à deux microns d'un coup de tong *made in China*, un grand classique sous les tropiques.

Après m'être levé et n'avoir constaté cette fois-ci aucune piqûre ou morsure sur ma peau hâlée par tous ces jours de navigation, j'ouvrais les rideaux. M'étirant comme un siamois en contemplant par la fenêtre le fascinant spectacle des sommets enneigés trônant dans un ciel uniformément bleu, je me grattais inconsciemment la fesse sans doute à cause de la remémoration de cette mésaventure calédonienne.

Je n'avais pas pu résister à la tentation de tester mon lit après ce fabuleux bain chaud. Ma promesse de rejoindre Mattiew au pub avait mis fin à cette délicieuse sieste, à moins que ce ne soit une petite faim. Mattiew m'avait parlé d'un *fish and chips* où l'on pouvait déguster de superbes filets de poisson frais du jour et frits à la perfection, miam ! Ou plutôt, *yummy* ! comme disent mes amis Roast-beefs. Je n'avais pas une minute à perdre, il devait déjà être six heures, juste le temps de sauter dans mon pantalon et d'aller manger, avant de rejoindre Mattiew qui devait déjà à mon avis tenir le comptoir avec ses amis. Sacré Mattiew ! Aussi inséparable de sa tireuse à bière – quand il en croise une – que l'*impluvium* du *compluvium*.

Mattiew ne m'avait pas menti, le *fish and chips* fut divin, surtout cet onctueux filet de *blue cod*, poisson roi de l'île du Sud. Je fis exprès de ne rien boire et de bien saler mon assiette, ou plutôt mon papier puisque le tout était servi dans une grande feuille de papier. Ainsi, il me serait plus facile d'ingurgiter les irraisonnables quantités de bière qui ne manqueraient pas de m'assaillir de toute part.

Toutefois je décidais de traîner le pas avant d'aller affronter le tumulte de ce petit pub des antipodes où je devais sans nul doute être attendu de pied ferme, comme une curiosité ramenée par leur ami le marin écossais. Si fier d'amener un peu d'animation dans cette calme contrée, j'imaginais bien, connaissant maintenant ce personnage exubérant, qu'il avait dû amplifier tous les évènements de notre voyage susceptibles de me ridiculiser, non pas par méchanceté, mais par taquinerie, pour le plaisir de créer une atmosphère propice à la rigolade et à la beuverie. Je suis même quasiment sûr qu'il me soupçonnait d'avoir clairement compris son petit stratagème, ce qui ne donnait que plus de saveur à notre petit jeu.

Mais laissons Mattiew mijoter dans son jus, laissons-le s'inquiéter de ne pas me voir arriver. Même si je n'avais aucune obligation réelle de me rendre dans cette petite arène pour me livrer à de grotesques joutes verbales, il aurait vraiment été inhumain de ma part de le priver de tant de joie, de plus je me prenais au jeu, je relevais tacitement ce petit défi qui m'était lancé, comme j'ai toujours aimé le faire.

Voyant un beau rocher au bord de l'eau de ce « port », qui ressemblait plus à une crique légèrement aménagée qu'à un port tel que nous avons l'habitude d'en voir, je décidais de m'y asseoir pour profiter de la quiétude de ce début de soirée.

La simplicité d'un moment de totale liberté dans un cadre incroyablement beau et calme, c'est pourtant quelque chose que l'on met longtemps à savoir apprécier. *Luxe, calme et volupté* !

Cette phrase de Baudelaire semblait parfaitement convenir. Le luxe de la liberté totale et pour le calme et la volupté il me suffisait d'ouvrir les yeux.

Il fallut que je passe si souvent à côté de tels moments sans même les entrevoir, emporté par les habitudes d'une vie où tout va vite, où chaque instant doit être action. C'est quand on se replonge à nouveau dans la folie de nos sociétés modernes que l'on se rend compte de ce que l'on a perdu. Mais n'y a-t-il pas une réelle action constructive dans le fait de penser sereinement, d'analyser ce qui nous entoure comme nous-mêmes. Au lieu de s'agiter en tous sens, de brasser plus d'air qu'il n'en faut pour avancer. Je ne suis pourtant pas un être totalement contemplatif, j'aime l'action, mais l'action réfléchie, délestée, autant que je puisse le faire, de tout brassage d'air superflu. Il me semble que c'est ainsi que l'on prend conscience de la réalité de ce qui nous entoure, comme de ce que l'on est, en toute simplicité, avec humilité, loin de ce que j'appelle « le culte du superficialisme » de nos sociétés.

L'invention d'une machine à calculer la quantité de brassage d'air superflu qui réside en chaque action, serait d'une grande avancée pour l'humanité. Vous seriez maintes fois surpris de découvrir que l'action la plus efficace et viable sur le court, moyen ou long terme, cela dépend de la situation et du problème donné, serait souvent celle que l'on aurait écartée au premier abord. Cela est dû au fait que souvent les choses ne sont pas ce qu'elles semblent être – *« Things are not what it seems to be ! »* D'où les dangers de ce que j'appelle « le superficialisme ». La réalité peut revêtir différents habits, jusqu'à ceux que l'on s'attend le moins à voir, comme certains éléments perturbateurs peuvent fausser notre jugement et revêtir les apparences les plus séduisantes.

Cette « machine à brassage d'air » je l'ai construite, bien sûr elle n'existe que virtuellement, soigneusement rangée dans l'un des innombrables meubles de mon esprit, mais laissez-moi vous dire qu'elle marche très bien.

Je suis resté ainsi plongé dans toutes sortes de pensées un long moment, j'en avais même perdu la notion du temps, quand les pitreries de deux huîtriers pies se poursuivant en poussant de ridicules piaillements me ramenèrent à la réalité du moment. Je pense que me croyant triste ils décidèrent de me changer les idées avec un de leurs numéros de clowns volatiles, numéro, j'en convenais, fort bien interprété. Je les quittais en les remerciant d'un large sourire me dirigeant vers le pub, ces petits échassiers sont vraiment adorables.

Bizarrement, une vieille femme était assise dehors à l'entrée de cette baraque de bois sans grand charme qui servait de pub. Le fauteuil sur lequel elle trônait semblait avoir appartenu à Cook en personne tant il paraissait usé par les siècles. Excusez-moi pour cette petite vulgarité, mais pour être franc et direct, je dirai qu'elle était flétrie comme une vieille bite, bien que souriante comme un enfant, pétillante et joyeuse comme un dauphin. Je l'ai trouvée belle, belle comme... la magnifique vieille femme qu'elle était. Je lui rendis ce sourire plein d'humanité, propice à réchauffer n'importe quel cœur, puis je poussais la porte d'entrée d'où j'entendais déjà la voix rauque pleine de joie de vivre de notre Écossais.

Me voyant entrer, je vis le visage de Mattiew s'éclairer, posant rapidement sa pinte, puis levant les bras il s'écria à tue-tête : « Hé Éric ! *Come on guy, come have a fuckin beer with us !* »

Bien sûr sa bruyante, plus que brillante, intervention eut l'effet qu'il escomptait, l'entière congrégation de cette rencontre au sommet des adorateurs du houblon se tourna pour dévisager ce nouveau membre. Il est évident que je ne pensais pas rentrer *incognito*, mais tout de même !

Puis il renchérit avec ce que je traduisis par : « Allez patronne, une mousse pour mon mousse ! »

Je pris sur moi pour rester serein et souriant, Mattiew lui était radieux, trop heureux de voir son petit scénario prendre tournure. Il me fallait contre-attaquer sans tarder, alors je pris la parole à mon tour toujours souriant et faussement décontracté tout en m'avançant : « Bonsoir à vous tous, je crois qu'il est inutile que je me présente, c'est bien moi l'affreuse grenouille du nom d'Éric, mais ne soyez pas inquiets, je sais coasser en anglais ! »

Il y eut quelques rires et la plupart des membres de cette petite assistance levèrent leur pinte et me saluèrent d'une légère inclinaison de tête, d'un sourire ou des deux, puis reprirent tranquillement l'occupation qui était la leur avant que notre numéro ne vienne l'interrompre. Profitant de ce moment de désintérêt, je pressais le pas pour rejoindre Mattiew et les quatre gaillards qui l'entouraient. Il était aux anges, car il n'en espérait pas tant de ma part, et voyant que je rentrais dans son jeu, il savait qu'il avait échappé au risque de me vexer, ce qu'il ne voulait certainement pas.

Il me présenta ses acolytes, tous habillés de leur tenue de travail de la journée, certains avec leurs grosses chaussures de sécurité. Il faut dire que dans les petits villages de Nouvelle-Zélande le pub est un peu le prolongement de la maison de chacun, c'est comme si toutes les maisons étaient reliées par une pièce commune, où tous se retrouvent après une dure journée de labeur. Ici tout le monde se connaît, c'est une grande famille où tous sont acceptés avec leur différence, l'apparence physique ne compte pas. Si vous alliez boire une bière dans votre salon, vous ne vous changeriez pas, vous ne prendriez pas garde à votre tenue vestimentaire ou à votre coiffure, et bien voilà c'est pareil ! Il est vrai que lors de mon premier voyage dans ce pays extraordinaire et lors de ma première bière dans un pub de village, je fus surpris de voir le peintre arriver avec son treillis taché de peinture, le maçon avec du crépi dans les cheveux, le bûcheron avec ses grosses chaussures de sécurité et de la sciure de bois accrochée un peu partout sur sa *Swanndri* cette grosse chemise de laine traditionnellement portée par ceux qui travaillent en extérieur, du moins en hiver car elle est chaude et imperméable. Je me rappelle même avoir ri en voyant un de ces *Southern men* jouer au billard en chaussettes, de grosses chaussettes de laine trouées et rapiécées d'où un gros orteil prenait l'air.

Ici tout le monde est détendu, les hommes sont appréciés pour leurs qualités humaines, ici l'être prévaut, le paraître n'a pas l'importance que nous lui accordons en Europe. C'est une belle leçon d'humilité et d'intelligence dont nous devrions nous inspirer.

Toutefois, si nous devons établir une comparaison entre la société néo-zélandaise et les sociétés européennes et plus précisément la société française étant un européen d'origine française, même si je me considère plus comme citoyen du monde, il nous faut éclaircir certains points pour éviter tout amalgame. Certains me demanderont si je ne suis jamais rentré dans un petit café de village en France. Oui, bien sûr, mais je répondrai que si dans un petit café français les gens sont habillés simplement et ont aussi le sens de la communauté, l'ambiance y est tout autre et la mentalité qui s'en dégage aussi. Je parlais en effet de sentiment communautaire, étant natif du sud de la France je sais de quoi je parle. Ce sentiment se trouve si exacerbé dans certains villages que leur petite communauté se transforme en une véritable nation miniature. Je n'irai pas jusqu'à dire qu'ils soient capables d'un certain racisme envers les étrangers, car cela reviendrait à dire qu'ils considèrent leurs propres compatriotes comme des étrangers, plus précisément que toute personne venue de l'extérieur c'est-à-dire hors des limites de leur commune est un étranger, un être douteux et certainement peu fréquentable. Toutefois, nous n'en sommes pas loin.

Pour étayer mes dires je ne peux résister à vous conter cette petite anecdote tout à fait véridique qui me revient en tête à point nommé. Par mesure préventive je donnerai des noms fictifs et peu probables au village et à la ville de ma petite histoire, au cas où un des furieux habitants de cette bourgade se reconnaîtrait. Cela m'évitera de me faire défoncer ma porte d'entrée d'un tir de chevrotine, car c'est ainsi que l'on règle ses comptes dans le Sud. Mieux vaut prévenir que guérir.

Je devais avoir environ vingt ans et je faisais les vendanges avec mon ami Sébastien, nous étions alors étudiants et c'était un moyen de se faire deux sous pendant les vacances d'été. Nous travaillions et logions sur la commune de ce charmant village que je nommerai « Saint Pipi-la-Galinette ». Nous nous trouvions donc dans une des nombreuses vignes proches du village, et nous travaillions au ramassage de ce noble fruit qu'est le raisin pour qu'en soit faite par la suite la boisson préférée de Bacchus, entre nous soit dit pas la meilleure, enfin hum, hum ! la chevrotine, vous vous rappelez, alors.... Nous étions courbés, écrasés par un soleil sans pitié et les autochtones discutaient en travaillant, nous, nous essayions de ne pas rentrer dans leur conversation et de nous en tenir à notre pénible labeur. Nous n'avions pas envie de débattre sur les thèmes de l'immigration, sur les problèmes de touristes trop nombreux et si bêtes. Par contre, nous fûmes incroyablement surpris d'apprendre que notre pays avait subi de grands changements d'ordre géographique sans que nous en fûmes avertis. Comment le nord de la France avait-il pu se déplacer de près de 600 km sans que nous le sachions ? En effet, un de ces « Galinettois » d'une cinquantaine d'années nous déclara avec le plus grand sérieux que le nord de la France commençait à « Pouliniou-sur-Calèche », au-delà « ce sont des Nordistes ! » reprit-il, rendez-vous compte de notre surprise. « Le nord de la France dès Pouliniou-sur-Calèche ? » une petite ville à une vingtaine de kilomètres d'ici. Je ne pus me retenir de m'esclaffer de rire tout en prenant la précaution de me cacher derrière un cep de vigne – vous savez, la chevrotine – Il est vrai que cette histoire serait vraiment amusante si elle n'était pas si pathétique car je pus m'apercevoir par la suite à diverses reprises que cette pensée était très répandue dans le village, dont une fois ou deux au café où l'on nous regardait de cet œil noir réservé aux « estrangèreses » comme ils disent dans ce doux village du sud de la France. Je sais, vous allez dire que j'en rajoute, mais non cette histoire est bel et bien réelle même s'il est vrai que tous les villages ne sont pas tous extrémistes, même si ce n'est pas un cas isolé car j'en connais d'autres tout aussi virulents. Cependant, il semblerait que les villages s'ouvrent de plus en plus à notre pays, c'est déjà bien ! Bien sûr en ce qui concerne l'Europe, puis le monde il faudra attendre un peu plus. Inutile de vous dire que pour un Galinettois, un Dunkerquois fait figure d'homme de glace en tout point infréquentable, quant à un Finlandais je serais curieux de le savoir !

Le fait que de plus en plus de citadins viennent s'établir dans de petits villages tout en travaillant en ville a changé les données. Certains villages sont devenus de véritables cités-dortoirs, et le brassage des populations aussi diverses qu'elles puissent être a fait évoluer les mentalités et cela s'en ressent dans les cafés, qui ont d'ailleurs souvent pris par la suite l'appellation de bars comme en ville. On est donc passé de café presque à usage exclusif de la population de la commune, peu accueillant et où règne une certaine xénophobie, où les traditions ancestrales perdurent et où l'identité régionale est sauvegardée, à des structures plus fades où règne l'indifférence sans sentiment communautaire, ni réelle identité régionale. C'est pour cela que je salue bien bas les petits pubs néo-zélandais car ils savent être accueillants et ouverts sur le monde tout en préservant le sentiment communautaire et leur identité régionale. En fait, sous la simplicité de leur apparence ce sont de petits bijoux en matière de relation humaine. Voilà comment ce que certains auraient pu qualifier de « bar à ploucs » s'avère en vérité être un lieu hautement avancé en matière d'humanisme, d'un équilibre subtil et sûrement fragile face à l'avancée du modernisme à l'américaine.

Encore une fois : « *Things are not what it seems to be !* » D'accord je vous l'accorde, tout ceci n'est pas le fruit d'une longue et mure réflexion de nos buveurs de bière néo-zélandais. Cela s'explique en partie par deux facteurs. Le premier étant la position géographique particulière de la Nouvelle-Zélande. En effet, Mark et sa charmante femme Wendy, m'avaient expliqué, il y a quelques années, que de par leur éloignement géographique les Néo-Zélandais éprouvent un sentiment d'exclusion par rapport au reste du monde. Ce qui explique l'engouement de ce peuple à prendre part aux évènements mondiaux cherchant ainsi reconnaissance et contact avec les autres peuples. Qui se souvient de l'engagement de ce petit pays dans les deux grandes guerres ? La Nouvelle-Zélande est pourtant l'un des pays à avoir perdu le plus de combattants en pourcentage de sa population, les monuments aux morts sont nombreux pour nous le rappeler.

Pourtant ce pays est longtemps resté méconnu, peu sont ceux qui savent le situer avec justesse sur une mappemonde. Je me suis amusé en procédant à un petit sondage de retour en France, à la question : « Qu'est-ce que la Nouvelle-Zélande évoque pour vous ? »

Au *hit-parade* des réponses vint en première position le rugby avec les *All Blacks*, puis *Greenpeace* et l'écologie, le kiwi en tant que fruit puis en tant qu'oiseau. Je vous ferai grâce des réponses les plus étranges, pourtant parfois vraiment hilarantes. Je retiendrai de ce sondage que si beaucoup de gens ont une idée plutôt brumeuse de ce pays du fin fond de l'hémisphère sud, l'image qui s'en détache est plutôt flatteuse car elle respire la santé et le naturel, par le sport, la nature et l'écologie.

Dans ce contexte il est aisé de comprendre ce sentiment d'exclusion de nos Kiwis, ainsi que leur envie de reconnaissance internationale. Tout ceci explique donc le fait qu'ils soient si accueillants et ouverts au monde.

Le deuxième facteur expliquant cette mentalité particulière est complémentaire au premier. En effet, si les Néo-Zélandais sont désireux de rentrer en contact avec le monde, il semblerait que depuis une vingtaine d'années leur désir soit exhaussé car c'est le monde qui vient à eux.

Du fait de ses splendeurs naturelles et de son image écologique, les touristes du monde entier affluent en masse, surtout d'octobre à mars. La Nouvelle-Zélande connaît une véritable explosion touristique depuis les cinq dernières années, à tel point que les infrastructures ne suivent plus vraiment cette évolution, ce qui est un peu inquiétant au niveau écologique.

Toutefois, cet afflux d'étrangers est une aubaine pour le pays, au niveau financier car le tourisme représente une grande partie du PIB, mais aussi culturel car voilà le contact international tant espéré devenir réalité.

Mais vous allez me dire qu'en Nouvelle-Zélande tout va bien dans le meilleur des mondes. Je pourrais presque dire que oui. Mais pour être sincère je me dois d'atténuer cette énumération pléthorique de tout ce que ce pays possède de merveilleux. Je ne veux pas que l'on croie que je veuille l'idéaliser, que je nage dans le fantasme de la nation parfaite. Non, croyez-moi, je n'ai pas été payé par l'ambassade de Nouvelle-Zélande ! Quoique, contre un visa de résident permanent, je serais peut-être prêt à... Non, soyons sérieux – au moins trente secondes – moi qui ai tant admiré le Che pour son intégrité je me dois d'être incorruptible.

Je ne souhaite pas donner une image idyllique de ce pays et de sa population, mais décrire, certes à ma manière, ce qui m'est apparu par ma propre expérience avec honnêteté et simplicité. Je peux vous garantir, ayant pas mal voyagé, que la nation parfaite n'existe pas. Où que l'on aille, on trouve des gens très intéressants et de totaux abrutis, de la beauté et de la mocheté. Peut-être réside-t-il en cela un équilibre nécessaire au fonctionnement de l'humanité.

De plus, de nombreuses erreurs ont été faites en Nouvelle-Zélande, même en matière d'écologie, comme la déforestation intensive de la forêt primaire, l'introduction d'espèces animales étrangères au pays. L'explosion touristique qui s'y produit peut elle aussi avoir des conséquences néfastes si l'on n'y prend pas garde, comme la détérioration de sites naturels, les constructions abusives, la pollution ou même la pêche sportive intensive. Partout où argent, profit, spéculation s'installent dans un capitalisme sauvage, ce que l'on appelle à tort « la modernisation », celle-ci dénature l'environnement ainsi que les hommes eux-mêmes. Il s'agit d'un danger planétaire. Les avancées technologiques et la modernisation ne vont pas forcément de pair avec l'avancée humaine. J'ai plutôt l'impression, en regardant le cas de la France, par exemple, que nous nous dirigeons vers un abrutissement général plutôt que vers une quelconque avancée de l'être humain. Tout est marchandise et les hommes ne sont plus que des consommateurs, des êtres superficiels vivant dans un monde virtuel, comme dans un vaste centre commercial, le « sens de la vie » n'est plus l'enrichissement intellectuel, la compréhension de notre environnement ainsi que de nos personnes ou autres quêtes spirituelles, non le sens de la vie c'est : Consommer. C'est la mort de l'être pour le paraître. Pour moi une telle direction respire plus le déclin qu'un avenir serein.

Mais laissons-là ce sombre constat, qui n'est d'ailleurs pas pour moi une fatalité puisque je crois à la possibilité d'un avenir meilleur pour l'humanité, revenons plutôt à l'intérieur de notre pub à l'éclairage tamisé, et à notre joyeuse soirée sur cette splendide côte ouest de la Nouvelle-Zélande.

Ce qui m'était au premier abord apparu comme un lieu sans grand charme, quelconque, voire même plutôt moche de l'extérieur s'avéra très intéressant et enrichissant de l'intérieur, comme le sont d'ailleurs de nombreuses personnes quand on prend la peine de vraiment les connaître. Cette longue pièce unique, aux bois sombres, usés, jouant de leurs formes avec une lumière volontairement jaunâtre et irrégulièrement disposée. Ce lieu était imprégné de l'atmosphère de ces repères à vauriens qui jouxtent les mers du monde. Les effluves des bois et tabacs me ramenaient à l'époque phare de la grande piraterie, où d'ailleurs les Français de la Rochelle à Concarneau furent de dignes acteurs. Pirates et corsaires marquèrent l'histoire ainsi que notre conscience.

J'imaginais avec aisance tous les vieux grigous éborgnés, estropiés et diversement mutilés, peignant leur barbe à la recherche d'une quelconque pitance pour leur animal de compagnie à qui un rat, un singe, un serpent ou encore un perroquet ancré sur une épaule crasseuse. M'apparaissait aussi la vision de ces jeunes corsaires, intrépides et irrespectueux. Beaux gosses aux créoles brillantes comme leurs yeux assoiffés d'aventures, de richesse et de gloire. Leurs longs cheveux attachés tombant dans le creux des omoplates, leur teint hâlé faisant ressortir les couleurs du Pacifique de leurs pupilles et la blancheur ivoire de leurs dents. Les boucles dorées de quelques mèches libres venant égayer de tendres fossettes de leurs joues qui, comme leur jeune menton, brillaient des reflets du poil toujours naissant que le couteau ne semble jamais pouvoir effacer.

Une vision bien hollywoodienne du jeune pirate me direz-vous, car bien qu'il fasse briller sa jeune musculature sur la plage en s'entraînant au sabre, pensant ainsi rajouter à son espérance de vie, il ne fait aucun doute que face à un de nos vieux briscards à la silhouette massive et velue – rien d'hollywoodien ni du *boys bander* – il ne fera pas long feu. Alors cette beauté et cette fougue, incroyables, dignes d'embuer de désirs toutes les dentelles intimes du Pacifique aux Caraïbes, comme rosées matinales embrassent la fine toile de l'épeire diadème, finiront au menu de quelques squales de passage, toutefois très reconnaissants d'une telle générosité.

Et voilà, voilà que je m'égare à nouveau, bon sang ! N'y a-t-il pas quelqu'un dans cette boîte à musique qui me sert de crâne pour me rappeler à l'ordre, petite danseuse que fais-tu ? Je sais, tu danses sur la douce musique de ma folie, et moi, je m'égare.

De plus, la Nouvelle-Zélande, loin de toute route commerciale, n'a jamais été grand repaire de pirates. Nous ne sommes pas ici dans la grande crique de l'île Sainte-Marie à Madagascar, alors bannissons cet étrange sentiment et revenons à nos honnêtes pêcheurs, bûcherons et artisans de Port Jackson.

J'en étais donc à la description de notre petit pub. On se serait cru dans la cale d'un vaste trois-mâts, bien que les tireuses à bière et les tables de billard n'en soient pas des attributs des plus courants, mais soit.

Alors que j'étais immergé dans le flot des conversations, mon regard se promenait sur les murs, scrutant les moindres détails insolites, et il y en avait bon nombre.

Les comparses de Mattiew étaient fort sympathiques, nous renchérissions d'histoires croustillantes et d'anecdotes épicées. Lorsque Mattiew raconta notre fabuleuse rencontre avec le grand requin blanc, un certain Steven, pêcheur de Port Jackson nous dit qu'il en avait vu un à trois reprises dans la même zone de pêche à quelques *miles* au large. Mais il nous expliqua que bien que le *Great White* ne soit étrangement pas une espèce protégée en Nouvelle-Zélande alors qu'elle l'est en Australie et en Afrique du Sud, il ne lui viendrait pas à l'idée de vouloir lui faire du mal. Cela pour la bonne raison qu'il ne rentre pas en concurrence avec les pêcheurs, étant trop lourd et lent pour être un bon prédateur de poissons. Le Grand Blanc chasse surtout les otaries qui, elles, sont protégées et grandes prédatrices de poissons. À travers ces explications je me rendais encore une fois compte de l'importance de chaque animal dans l'équilibre naturel, surtout de la place inconfortable de ces super prédateurs si injustement haïs des hommes, sans doute parce que ces derniers veulent trôner seuls en haut de la pyramide ne supportant aucune concurrence, soit-elle même symbolique. Moi je les trouve fascinants, même si leur impressionnante mâchoire reste effrayante à mes yeux. De plus, Steven rajouta que, bien que les eaux de Nouvelle-Zélande soient fréquentées par de nombreuses espèces de requins et que ceux-ci côtoient les pourtours des deux îles en grand nombre durant l'été, les accidents sont très rares, le dernier accident mortel remontant aux années soixante. « Ici les requins sont bien nourris ! Comme le lion bien repu n'est plus qu'un gros chat somnolent et ronronnant, il en est de même avec notre prédateur marin » reprit-il en riant.

Les discussions continuèrent de plus belle et l'ambiance montait d'un cran au fur et à mesure que les pintes de blondes, de rousses ou de brunes se vidaient. J'étais simplement heureux, je passais un bon moment en compagnie d'amis que je ne connaissais même pas une heure auparavant, c'est ce que j'appelle une immersion culturelle réussie, aussi étrange que cela puisse paraître, je me sentais à l'aise comme si j'étais à la maison.

Le voyage purement touristique ne m'a jamais intéressé, j'ai toujours fui les endroits trop fréquentés, pour m'intégrer aux populations des pays visités. La meilleure manière de vraiment découvrir un nouveau pays et une nouvelle culture est de vivre avec les habitants, d'adopter leur mode de vie et si l'on reste assez longtemps, de travailler avec eux partageant leur quotidien.

M'étant excusé auprès de mes amis pour raison urinaire, je me retrouvais libre d'assouvir ma soif de curiosité durant le trajet qui me menait au *loo* (W.-C.). Je parcourais ainsi mètre par mètre, avec le plus grand intérêt ce mur fascinant. Je scrutais avec minutie toutes ces vieilles photos en noir et blanc mises sous verre. On y voyait des hommes et des femmes d'une autre époque sobrement vêtus qui posaient ou vaquaient à leurs occupations. De nombreux outils accrochés à des clous s'offraient à mes yeux dans un faux désordre rustique. Avançant encore un peu je m'arrêtais devant ce qui me semblait être des armes maories, vu les motifs des fines sculptures qui les ornaient. Entièrement faites de bois, de tailles et de formes diverses elles étaient, elles, bien alignées les unes sous les autres. Soudain dans mon dos surgit une voix : « Les longues sont des *taiahas*, des *pouwhennas* et des *tewhatewhas*, les courtes des *patoo-patoos*. Celles qui ressemblent à des lances n'étaient pourtant jamais projetées et comme les *patoo-patoos* elles servaient au combat rapproché. Par un savant coup de poignet le guerrier se servait du bout aplati en forme de spatule pour décalotter le crâne de l'ennemi, comme on ouvre un œuf à la coque ».

J'avais attentivement écouté les commentaires de cette voix sans me retourner, mes yeux restant fixés sur la terrifiante extrémité d'une des armes.

« Très impressionnant ! » dis-je en pivotant sur place pour découvrir l'auteur de ce court mais très instructif exposé.

Je me trouvais face à un jeune homme d'une trentaine d'années de type polynésien aux traits fins et agréables. Ses cheveux lisses et noirs étaient attachés en arrière, tenant une pinte de bière dans sa main gauche.

« Comment avez-vous dit ? *patoo-patoos* ?

— Oui, ce sont les petites, les deux grandes du haut sont des taiahas, celles du milieu des *pouwhennas* et celles-ci une *tewhatewha*.

— Sont-ce des vrais ? je veux dire... ont-elles déjà pu servir ?

— C'est probable car elles sont très anciennes.

— Impressionnant, réellement impressionnant !

— Tu es Éric l'ami français de Mattiew n'est-ce pas ?

— Oui, je...

— Moi c'est James, James Connely. Je fais de la mécanique et du dépannage auto, entre Haast et Wanaka il y a cent quarante kilomètres sans station-service, beaucoup de touristes imprudents y tombent en panne d'essence. L'été je loue aussi quelques canoës sur la Jackson River. Je les charge à l'arrière de ma dépanneuse, et hop c'est parti !

— Justement Mattiew va à Haast demain et nous ne reprendrons la mer qu'après-demain, cela me laisse une journée de libre durant laquelle je voudrais faire une randonnée dans cette nature sauvage. Y a-t-il possibilité de randonner vers Jackson River ? Est-ce que c'est un bel endroit pour cela ?

— Un bel endroit ! c'est l'une des plus belles rivières du pays, c'est un endroit incroyable de beauté, de puissance. Mais les abords de la rivière sont très sauvages et il n'y a pas de sentier. Le meilleur moyen de se déplacer et de visiter le site, reste la rivière elle-même. As-tu déjà fait du canoë ?

— Oui, j'en possédais même un en France.

— Nous sommes encore hors saison, mais il a peu plu ces derniers temps, la rivière n'est pas trop haute, les rapides pas trop violents, si tu as en plus un niveau correct, je dirais que les conditions sont très bonnes. Si tu veux je te dépose à Red Rocks Falls demain matin et je viens te chercher au pont vers dix-huit heures, cela te fera une bonne journée de descente seul dans la nature, la plus belle et la plus sauvage que tu auras sûrement faite de toute ta vie.

— Je ne sais pas, c'est très tentant mais je dois en parler avec Mattiew pour être sûr qu'il n'ait pas besoin de moi de toute la journée.

— D'accord, si tu te décides à tenter l'aventure, reviens me voir qu'on s'organise pour demain, je serai au billard du fond, à tout à l'heure.

— D'accord on fait comme ça. »

Et voilà qu'en l'espace d'une dizaine de minutes j'étais embarqué vers une nouvelle aventure, je trottinais joyeusement vers les toilettes, c'est si simple le bonheur !

Quelques minutes plus tard ayant rejoint Mattiew, je lui fis part de ma rencontre, de mon envie d'accepter la proposition de James, mais aussi de mon souci de laisser le bateau et la cargaison seuls toute une journée. Mattiew me dit qu'il connaissait bien James, ce dernier étant même une fois intervenu sur le moteur du *Green dolphin*, que je pouvais lui faire confiance. Il affirma que le bateau et son contenu ne pouvaient pas être plus en sécurité qu'ici, car c'est l'entière communauté de ce pittoresque hameau qui veillerait sur eux.

Je revins donc m'entendre avec James pour organiser la journée du lendemain. Il fut convenu que je me présenterais chez lui à sept heures du matin, que je frapperais trois fois très fort à sa porte car il se pourrait qu'il se rendorme après la sonnerie de son réveil. « Les lendemains de soirées bien arrosées sont parfois un peu difficiles » m'avait-il confié. Sachant trop bien ce qu'il voulait dire par là, je décidais d'avorter cette charmante soirée pour rentrer me coucher. Je me devais d'être en parfaite forme physique pour affronter le tumulte des eaux, et surtout pour savourer les splendeurs qui s'offriraient à moi. Je quittais, non sans mal, toute cette bande de joyeux lurons. En sortant je repassais devant le siège vide de la vieille dame, je m'éloignais de ce sympathique brouhaha alcoolisé, marchant d'un pas assuré dans la fraîcheur nocturne, épié par des légions de regards lumineux parsemant l'infini de la voûte céleste.

La rivière

Bip. Bip-bip. Bip. Bip-bip. Clack... « Ta gueule, saloperie ! »

Voilà ! Voilà comment sont traitées ces pauvres petites machines, si serviables, si indispensables et ponctuelles. Encore une fois voilà l'exemple de l'homme qui n'assume pas ses propres choix et s'en prend aux autres avec mauvaise foi.

Qui est-ce qui avait programmé la sonnerie à six heures si ce n'est moi ?

Un jour peut-être donnerons-nous la parole, ainsi qu'une certaine intelligence, à nos réveils. Alors ce sera sans doute le début de conflits matinaux nous opposant à ces intègres machines. Finies les maltraitances au risque de se voir reprochés notre ingratitude.

Je suis toujours un peu bougon au lever. Il faut dire qu'il n'est pas aisé de quitter les mondes incroyables que nous visitons dans notre sommeil. Il me semble me souvenir que j'étais confortablement – et le mot est croyez-moi, bien faible – allongé dans une infinité de coussins, bien au chaud contre la plus charmante des ambassadrices du sexe doux, je caressais sa brûlante peau de soie de mes lèvres quand « Bip-bip l'intransigeant » me rappela auprès de lui.

Il faut alors comprendre que quelques dures minutes d'acclimatation sont nécessaires pour reprendre pied dans le monde réel. Mais l'image de la somptueuse rivière que je m'apprêtais à parcourir me vint à l'esprit, du moins celle que je m'en faisais alors, je retrouvais ainsi la motivation de me lever, avec je dois le dire une certaine excitation.

Après de brèves ablutions matinales et un rapide *check up* de mon sac à dos, je sortais du Mariner Lodge pour m'engager sur la rue principale, déserte.

Le jour se levait à peine et déjà les silhouettes de matinaux Jacksonniens m'apparaissaient furtivement dans la lumière de leur foyer tout juste éveillé. Toutefois, beaucoup d'habitations me semblaient encore endormies, et je pensais à ceux qui du fond de leur oreiller écoutaient, sourcils froncés, le bruyant frottement de gravier provoqué par mes pas.

Il me fallut un bon quart d'heure de marche pour arriver devant l'entrée de la petite propriété de James Connely, du moins celle qui me semblait le plus correspondre aux descriptions données la veille. La vieille boîte aux lettres rouillée et sans nom affiché ne pouvait pas m'aider à confirmer l'adresse, mais la présence d'une grosse dépanneuse et de nombreuses carcasses de voitures étaient autant d'indices supplémentaires prouvant une identification correcte du lieu. Laissant de côté mon habituelle timidité je m'avançais jusqu'à la porte parcourant la vingtaine de mètres de chemin de terre défoncé me séparant encore de la minuscule maison de bois gris.

Tout était calme, aucune lumière, que faire ?

Soudain, alors que je réfléchissais, je fus glacé d'effroi. Là, à cinq bons mètres de moi, tapi dans la double obscurité du matin et d'une vieille carcasse de camion, il me fixait d'un regard sans réelle expression, sans broncher.

Le docteur Moreau aurait pu engendrer une telle créature, croisement d'un pit-bull et d'une hyène.

Ses petits yeux luisants étaient réellement effrayants, mais pas autant que cette gueule massive étrangement rose, comme si les chaires étaient à nu. Son crâne monumental et creusé entre les yeux arborait de ridicules oreilles plissées et déchirées, son pelage court était indescriptible, sombre, clair voire même pelé par endroits.

Il restait toujours aussi silencieux et immobile, et moi de même. James ne m'avait-il pas dit de frapper trois grands coups à sa porte, alors me retournant face à cette dernière c'est ce que je fis.

Adieu silence, adieu immobilité, tout n'était soudain plus que bruit et fureur. Faisant un grand bond sur le côté, le cœur palpitant dans un éclair d'adrénaline, je fixais, les yeux écarquillés, cet ignoble pelé à gueule rose, fou de colère sautant, tirant, se meurtrissant au bout d'une... oui, d'une chaîne. Je me sentais aussitôt soulagé.

Toutefois, il me tardait de voir apparaître James au plus vite, l'extrémité de la chaîne étant attachée au pare-chocs d'un vieux tas de ferraille d'après-guerre, et les assauts énergiques du molosse menaçant de rompre la dernière attache plus ou moins fiable de cette barre de métal rouillée. Je me tenais donc prêt à courir, au cas où. Je m'imaginais déjà fuyant au plus vite que mes jambes puissent le faire, traversant le village avec à mes trousses cette bête enragée, lui-même suivi d'un pare-chocs Ford modèle quarante-huit et au bout de ma course me jetant dans l'eau du port pour échapper à ce démon sous les yeux ébahis de tous ceux que ce vacarme matinal eut attiré.

Heureusement une fois de plus j'échappais au risque de me rendre ridicule au plus haut point, une botte de caoutchouc fusant d'une trajectoire rectiligne de la fenêtre latérale jusqu'au capot du véhicule accompagnée d'un : « Cronos, *chut up bloody dog* ! » ramenant soudain un peu de quiétude en ce lieu.

Une lumière apparut derrière la porte, cette dernière s'ouvrit et James m'apparut pieds nus, en short, tout ébouriffé m'invitant à entrer d'une voix caverneuse.

Quelques minutes plus tard je me retrouvais préposé au café, pendant que James se préparait. De cette vieille cafetière italienne de l'ère mussolinienne je tentais en vain de tirer le meilleur jus au milieu d'insectes au regard livide, figés pour l'éternité dans une graisse jaunie par des années d'exploits culinaires.

Après avoir bu ce jus obscur aux vertus « réssuscitoires », à moins qu'elles ne fussent laxatives, nous fûmes prêts au départ.

Avec James tout alla très vite, le canoë solidement arrimé sur la dépanneuse, car il ne voulait pas prendre la remorque à canoë pour une seule de ces vétustes embarcations, nous quittions déjà Port Jackson, un des lieux les plus méconnus de l'hémisphère sud, tous phares allumés car le jour ne pointait qu'à l'horizon.

Nous prîmes une toute petite route néo-zélandaise, c'est-à-dire un chemin de terre recouvert par moments de tôles ondulées et copieusement gravillonné, qui s'échappait vers l'est en direction de pics rocheux menaçants dans l'obscurité matinale. Seuls quelques sommets partiellement enneigés renvoyaient la lumière dorée du soleil levant aux petits troupeaux de nuages qui les survolaient de près, les éclairant d'une lumière abstraite.

On sautillait gaiement sur nos sièges de skaï pris par les aléas de notre route primitive, baignant dans une totale cacophonie orchestrée par une multitude de couinements, de grincements et autres tintements métalliques, le tout régi par les terribles rugissements du gros moteur diesel.

Comme je l'ai déjà dit auparavant, je suis friand de situations cocasses, et là j'étais aux anges.

Le pare-brise n'était pour moi qu'un écran géant par lequel je visionnais des paysages dignes d'être peints par les meilleurs impressionnistes. À moins qu'aucun de ces illustres peintres ne s'eût senti digne de peindre pareille merveille.

Et moi je sautillais toujours sur mon fauteuil, heureux comme un enfant qui découvre le tapecul (ou bascule, qui vient de l'ancien français baculer : frapper le cul contre terre), oh j'en ai usé des fonds de culottes sur ces archaïques balançoires à me tanner la peau des fesses, mais quel plaisir !

De temps à autre je lançais un coup d'œil à James, il fixait avec concentration les aléas de notre sautillante avancée en terrain de plus en plus sauvage.

Je savais qu'il ne faisait pas cela pour la malheureuse poignée de dollars que j'allais lui donner, mais pour me faire plaisir et pour son plaisir aussi de me montrer à quel point son pays natal était beau. Peut-être, même sûrement, regrettait-il de s'être trop avancé hier soir en m'invitant à pareille aventure. Mais les gens de ces contrées reculées n'ont qu'une seule parole, c'est ce qui peut-être expliquait son silence, lui qui était si bavard la veille lors de notre tumultueuse soirée au bar. Peut-être aussi avait-il la tête et le foie en vrac, il n'y aurait rien de très étonnant à cela.

J'aime les personnes qui respectent leur parole, aussi il ne fallait pas qu'il s'attende à ce que j'avorte cette sortie par fausse politesse. Je me dis qu'il en chiait sur le moment mais que par la suite il serait heureux de son action, il serait satisfait d'avoir amené ce couillon de Français là-haut. Alors grimpe mon ami !

J'imagine que tu passeras une partie de la journée au pub, une bière à la main, au bord du billard à plaisanter avec tes amis sur les chances du petit Français à passer tel ou tel rapide sans boire la tasse, car tu les connais tous par cœur. Comme tu m'offres une belle aventure en cette somptueuse journée, je donne aussi un peu de piment à la tienne, Port Jackson est un endroit parfois trop calme.

Mais pour l'instant James était entièrement investi dans sa mission, même si les vapeurs d'alcool lui brûlaient le ventre, la gorge et les yeux, rien ne semblait pouvoir l'arrêter.

Un moment plus tard c'est moi qui ne rigolais plus et qui serrais furieusement les fesses.

En effet, nous étions partis du bord de mer aux senteurs iodées, à la végétation basse bridée dans sa croissance par les embruns salés, puis nous étions passés par des prairies bordées d'eucalyptus où broutaient de dociles moutons. Au fur et à mesure que nous avancions vers cette splendide chaîne de montagnes que sont les Alpes néo-zélandaises, la végétation s'étoffait, il y eut de plus en plus de kanukas et toujours de splendides *cabbage trees* et fougères arborescentes qui rendent les paysages si pittoresques. Soudain, la route se mit à grimper, le petit ruisseau que nous remontions depuis plusieurs kilomètres se retrouva cinq mètres en contrebas, puis dix, puis à une bonne vingtaine de mètres. Ici pas de barrière, rien qui ne puisse nous retenir en cas de sortie de route et James qui, l'air à moitié endormi, continuait à bonne allure à enchaîner passage de vitesses et petits dérapages « contrôlés ». Nous passions au ras du vide dans le crépitement des gravillons sous nos roues. Soudain, au passage d'un petit col il s'arrêta à l'extérieur d'un virage. « Regarde, la voilà ! » me dit-il en gardant les deux mains sur le volant. Il fallut quelques secondes pour que le nuage de poussière soulevé par notre arrivée se dissipe et effectivement la Jackson River m'apparut s'écoulant gracieusement en contrebas dans une somptueuse vallée, je n'oublierai jamais ce moment.

Nous descendîmes la rejoindre dans cette douceur matinale annonciatrice d'une merveilleuse journée à savourer.

Après moult conseils et instructions, James disparut dans un nuage de poussière. C'est peut-être un peu étrange mais je suis resté là assis sur une vieille souche à côté de mon sac, de ma pagaie et du canoë déposé sur une petite plage de galets, ne pouvant me résoudre à agir. Je pense que j'avais besoin de m'immerger, de m'imprégner de la beauté, de la puissante sérénité des lieux. Quand je vis enfin, au loin sur le col où nous nous étions arrêtés à l'aller avec James, un autre nuage de poussière se dissiper lentement, je compris que j'étais désormais sans doute le seul humain présent sur tout cet immense territoire. C'est un sentiment étrange, surtout quand on a déjà connu à l'opposé l'immersion dans une ville de quatorze millions d'habitants comme Pékin. Mais on peut se demander ce qui est le plus étrange, le plus rationnel, si l'on prend une superficie équivalente, être seul dans la nature ou s'entasser par millions dans une ville.

Je pense que j'avais vraiment besoin d'attendre que James ait passé le col pour pouvoir savourer ce moment de solitude, d'osmose avec les éléments naturels. Je dus tout de même me résoudre à embarquer, James m'avait conseillé de ne pas trop m'arrêter en route si je voulais arriver avant la nuit au point de rendez-vous, le vieux pont de bois à trois kilomètres de Port Jackson et seulement à un kilomètre environ de l'endroit où la rivière se jette dans la mer de Tasman, ce qui en l'occurrence en fait un fleuve, mais les Néo-Zélandais ne font pas la différence, tous les cours d'eau sont nommés *river*.

La suite de cette formidable journée ne fut que pur bonheur, même si cette descente fut parfois très physique et humide à souhait, car je n'ai pas manqué de chavirer à plusieurs reprises. Mais il serait sans réel intérêt de vous compter ma descente sur celle que je nomme désormais : la Rivière. Je ne ferais que me perdre dans des descriptions insensées, de la flore, de la faune et des paysages de toute façon indescriptibles de cette partie de la Nouvelle-Zélande. Je ne peux que vous encourager à tenter l'expérience vous-même. La Nouvelle-Zélande est un des plus beaux endroits de la planète, un lieu fascinant. Tout ce que je peux vous dire c'est que je sais désormais à quoi ressemblait notre monde aux origines de l'humanité.

Je pense donc qu'il sera beaucoup plus intéressant de s'attacher à décrire ce que j'ai ressenti, ce que furent mes réflexions au fil de l'eau.

La solitude fait peur aux hommes, et j'ai partagé cette peur par le passé, aujourd'hui elle m'est nécessaire et toujours bénéfique. Il ne s'agit pas de réfuter toute compagnie humaine, car la compagnie des hommes m'est fort agréable – surtout celle des femmes d'ailleurs ! – du moins la compagnie des gens que j'apprécie. Mais je pense que nous avons besoin de moments de solitude, il nous faut les mettre à profit pour une introspection nécessaire pour évoluer, analyser les évènements passés, présents et à venir avec sérénité.

Si je parle de solitude bénéfique, c'est qu'elle est un choix à des fins bien précises. Cela n'a rien à voir avec une solitude imposée à un moment où on ne la désire pas. Car nul besoin de s'isoler pour rencontrer la solitude. Combien d'entre nous la ressentent au cœur des villes, oui je sais combien on peut souffrir de la solitude au milieu des hommes. Tant de gens intéressants y sont condamnés. Trop vieux ou ne correspondant pas aux canons de notre société. Pourtant, la vieillesse et la maladie seront le lot de tous. Nous préférons nous mentir et croire que seule la beauté, la jeunesse et la fraîcheur font notre condition d'humain, mais Diogène nous le disait déjà il y a vingt-trois siècles, il en riait en prévenant que plus dure serait la chute à qui se ment à lui-même.

Parfois c'est juste le caractère particulier de certaines personnes qui peut faire qu'il y ait incompréhension du plus grand nombre, ce qui peut avoir pour conséquence un sentiment de rejet, se sentant ignorées même au milieu d'une foule. Je l'ai moi-même un peu connu, mais paradoxalement c'est la solitude qui m'a rapproché des hommes.

En effet, lors de mon premier voyage en Nouvelle-Zélande je dus passer par de pénibles moments. J'étais parti à l'autre bout du monde par simple défi, j'avais réussi à obtenir un visa *Work holidays* d'un an, je voulais voir si j'arrivais à m'en sortir seul dans un pays où je ne connaissais personne, je n'avais assez d'argent que pour quelques mois, il me fallait trouver un travail, un logement. J'espérais me faire rapidement des amis pour qu'ils m'orientent car tout était nouveau pour moi, et si je maîtrisais un peu l'anglais, je manquais de vocabulaire et lorsque les gens parlaient trop vite je ne comprenais pas grand-chose. Les deux premières semaines furent celles des désillusions, je ne m'étais pas fait un seul ami, les gens m'ignoraient, je les trouvais parfois tout juste aimables, quant à moi je m'efforçais d'être toujours souriant malgré une détresse intérieure grandissante, pour finir j'étais terrassé par de terribles crises hémorroïdaires. Je crois que je ne me suis jamais senti si seul et désespéré. Même si j'avais parfois envie de pleurer et d'abandonner, le peu de fierté qui me restait me l'interdisait. Chaque matin je repartais à la conquête de jours meilleurs l'anus copieusement enduit de crème. Bien sûr maintenant je ris quand dans mes pensées je revois le pauvre petit canard noir que j'étais, si triste, si perdu qui ne rêvait que d'un peu d'amitié pour lui réchauffer le cœur. Mais ces durs moments étaient une étape nécessaire, toutes ces longues semaines de solitude à ne parler qu'à moi-même, à réfléchir sur ma personne en étant très critique, peut-être même parfois trop virulent, m'ont amené à toucher du doigt que je m'étais mis dans une situation dans laquelle je ne devais pas attendre d'aide de quiconque, alors c'était décidé, j'allais m'en sortir en apprenant à me connaître, à me faire confiance. Je pourrai désormais croire en moi car je ne me mentirai plus, je ne m'épargnerai aucune vérité aussi dure soit elle. Je compris que l'amitié ne se quémande pas, elle se mérite comme tout le reste. Les gens ressentent quand une personne est forte, stable et sereine, il émane d'elle quelque chose d'indéfinissable, rien à voir avec la tenue vestimentaire ou autre artifice. C'est là que l'être est plus fort que le paraître. Alors que j'étais sur la bonne voie, que tout allait mieux dans ma vie parmi les Kiwis, surtout grâce à ce difficile travail d'introspection, par le plus grand des hasards j'ai rencontré Diogène de Sinope, ce fut le choc, tout devenait soudain très clair pour moi. Le hasard est une chose étrange, il influence si radicalement nos destinées. Le diogénisme m'a renforcé dans mes convictions, sur le fait que j'étais sur la bonne voie. Mais je manquais de documentation pour aller plus loin, c'est ce qui me poussa en grande partie à abréger mon périple néo-zélandais. Après sept mois passés en grande partie à travailler sur moi-même et sur ce que je pensais être le diogénisme, je rentrais en France, je savais que ce n'était plus le même Éric Brampton qui rentrait au bercail. Sans perdre de temps je courus dans les librairies acheter tout ce qui traitait de Diogène de Sinope, à mon grand étonnement je ne trouvais que deux livres, mais exactement ce que je cherchais. Et là ce fut le deuxième choc, j'étais parti de trois petites anecdotes traitant de Diogène en lisant une biographie d'Alexandre le Grand. J'avais élaboré toute une philosophie à partir de ces anecdotes, mais j'avais peur d'avoir fabulé et vu en Diogène ce qu'il n'était pas en réalité, ce qui aurait été très plausible puisque je n'avais pas la possibilité d'approfondir mes recherches à Akaroa.

Pourtant, aussi incroyable que ce fut, tout ce que j'avais développé à partir des anecdotes se révéla juste, le vrai Diogène était encore plus fascinant que celui de mes pensées. Depuis, je n'ai jamais cessé de travailler sur le diogénisme et de m'appliquer sa philosophie au jour le jour. Le plus étonnant, et c'est sûrement ce qui m'a conforté dans la justesse de mon raisonnement, s'est passé lors de mon dernier mois en Nouvelle-Zélande. Je vivais désormais heureux à Akaroa, où j'avais un travail qui me laissait beaucoup de temps libre pour lire, écrire et penser tout en gagnant assez d'argent pour subvenir à mes modiques besoins primaires. C'est durant ce dernier mois qu'un de mes meilleurs amis vint me rejoindre dans mon petit appartement à l'entrée d'Akaroa. Il me trouva exalté par mon travail sur le diogénisme. Au début j'avais peur qu'il me prenne pour un farfelu que la solitude aurait rendu un peu fou, qu'il reprenne le premier avion pour la sainte patrie. Je n'abordais le sujet que par moments, sous forme d'exemple avec tout l'humour que permet une dérision toute diogéniste. Mais nous en vînmes à en parler de plus en plus et à mon plus grand étonnement sans que j'aie à détailler ce qu'était exactement le diogénisme, il le comprit, l'assimila rapidement et se mit même à le développer avec brio pour mon plus grand bonheur. Et cela surtout à partir des trois anecdotes de la biographie d'Alexandre le Grand que bien sûr je lui avais lues. C'était une chose extraordinaire pour moi, cela prouvait l'existence même du diogénisme, je l'avais mis sur la voie et de lui-même il en était venu au même raisonnement que moi. Désormais nous débattions joyeusement ensemble presque tous les soirs pour faire avancer le diogénisme et le remettre à jour, je lui dois d'ailleurs certains développements auxquels je n'aurais peut-être jamais pensé seul. Un jour où je doutais sur la réalité du diogénisme, en arguant que partir de trois anecdotes me paraissait bien peu pour affirmer l'existence de la pensée diogéniste comme on la voyait désormais avec une philosophie cohérente mais que nous avions peut-être en partie créée, il me dit : « Et alors quelle importance ! qu'elle soit l'œuvre de Diogène ou d'autres, qu'importe le nom donné à cette pensée, le tout c'est qu'elle existe, et elle existe puisque nous en débattons depuis des semaines. Il est futile de s'attacher à un nom, ce qui importe c'est la réalité de la pensée, il y avait des Diogènes avant Diogène et il y en aura jusqu'à la fin de l'humanité, c'est une pensée immuable qui fait partie de l'humain. » C'est pour vous dire à quel point il avait saisi l'essence même du diogénisme. Mais tout de même je dois vous avouer que je fus soulagé de voir dès mon retour en France que notre Diogène collait bien au vrai. Ce qui m'évitait l'embarras de trouver un autre nom à cette pensée. En cadeau j'héritais même d'un nouveau nom, puisque la philosophie sur laquelle je travaillais depuis des mois avait pour nom « le cynisme ». Je n'ai jamais cru avoir inventé quelque chose de nouveau, mais il est agréable de pouvoir mettre un nom sur les choses, même si je n'aime pas trop les termes cynisme et cynique, sauf si on prend la définition antique qui, elle, est positive. De nos jours tout le monde fait l'amagalme avec la définition actuelle qui est très négative. Pour tout cela je préfère garder le terme de diogénisme que j'avais trouvé en Nouvelle-Zélande lorsque j'étais encore ignorant de la vie même de Diogène et du courant philosophique dans lequel il est placé. J'ai longtemps cru avoir inventé les termes « diogénisme, diogénique » et plus amusant « diogénisation », je dois dire que cela m'ennuyait un peu d'ailleurs, mais un jour, à ma plus grande surprise, en ouvrant une encyclopédie de 1920, ma curiosité habituelle me poussant à voir ce que l'on disait de Diogène à l'époque, que vois-je ? Tout d'abord une colonne entière dédiée à Diogène de Sinope, beaucoup plus complète et intéressante que dans les encyclopédies actuelles, étayée par une gravure de Diogène dans son tonneau d'après une peinture antique et la représentation d'une peinture « Diogène jetant son écuelle » d'après Poussin. Plus loin apparaît *diogénique* : qui convient à Diogène le Cynique. Puis encore plus surprenant voici le verbe *diogéniser* : rendre cynique comme Diogène, apparaît même *se diogéniser* : devenir cynique, et la cerise sur le gâteau on finit par *diogénisme* : cynisme comparable à celui de Diogène. Bon d'accord « diogénisation » n'apparaît pas, il me faudra regarder dans une encyclopédie encore plus ancienne. Dernier clin d'œil, on trouve même un petit crustacé du nom de Diogène car il vit dans une coquille comme Diogène vivait dans son tonneau, amusant non ? Mais la pauvre petite bête, comme diogénique, diogénisme et diogéniser, a disparu des encyclopédies actuelles. Il semblerait qu'on ait donné un grand coup de balai, et que le balayeur n'ait pas été un fervent admirateur de Diogène. Je ne veux pas paraître paranoïaque en émettant l'idée que certaines personnes n'appréciant pas le diogénisme aient fait le ménage même s'ils n'ont pas osé faire disparaître Diogène lui-même. Ce qui n'est pas le cas de mon arrière-arrière-grand-père maternel qui lui n'a pas survécu au grand ménage encyclopédique, il figure pourtant encore dans mon encyclopédie de 1920. Pourquoi je vous parle de cela ? Non pas parce que je suis fier d'avoir un ancêtre célèbre, entre vous et moi je n'en ai que faire. D'ailleurs beaucoup de ceux qui figurent dans les encyclopédies et qui croyaient rester pour la postérité ont les mains sales, quant à ceux qui sont sûrs d'y rester bon nombre ont les mains tâchées de sang. Pourtant mon célèbre ancêtre étant militaire, il a dû faire massacrer du monde, sûrement pas assez pour devenir le genre de grand homme que les hommes admirent. Non, si j'aborde ce sujet c'est que celui-ci me fait me poser certaines questions. Qui décide de l'entrée ou de la sortie des personnages, des noms, verbes et adjectifs ? Quelles sont les conditions d'admission et d'éradication ? Je m'oppose à ce qu'on me dise que c'est une question de place, on peut toujours rajouter un ou deux volumes tous les cinquante ans et limiter l'entrée de personnages et d'artistes au talent plus que controversé, comme de certains termes et inventions qui n'ont rien de très utile. Mais de toute façon de nos jours avec le support informatique la place ne manque pas, alors prenons tout, et réhabilitons même toutes les sorties effectuées, cela ne fera qu'enrichir notre langue et notre histoire.

En tout cas si le ménage a bien été fait autour de Diogène, les termes employés pour le présenter se sont aussi faits plus durs et moins élogieux que sur la vieille encyclopédie, l'amalgame autour du cynisme antique et du cynisme moderne est largement exploité pour le présenter comme un personnage négatif, presque méchant à tel point que j'y ai décelé une légère odeur de propagande. Vous allez dire que c'est ma petite paranoïa qui revient, peut-être, mais quand même comment ne pas trouver cela un peu louche ? On dit que pour trouver le criminel il faut trouver à qui profite le crime. Pour savoir si on avait volontairement tenté de dénigrer la philosophie diogéniste et Diogène lui-même, je dois donc chercher à qui cela aurait-il profité.

Le diogénisme invite les hommes à se connaître eux-mêmes, à avoir l'esprit critique, à devenir libres d'agir et de penser, à poursuivre la voie de la sagesse, de la modération dans le respect des autres et de la nature. Par rapport aux autres courants humanistes, le diogénisme demande aux siens de combattre la bêtise sous toutes ses formes ainsi que tous ceux qui font obstacle à la raison, non pas par la violence, mais par la dérision, et plus difficile, l'exemple.

Il est évident que de tels hommes ne servent pas tous ceux qui au contraire afin de réaliser leur dessein ou de maintenir leur confortable position, veulent des hommes dociles envers leurs supérieurs, malléables, crédules, capables de violences si l'on sait exacerber leurs haines, mais surtout qu'ils soient de bons consommateurs.

En bref, il semblerait que la plupart de nos dirigeants, quel que soit leur bord politique, les grands groupes financiers ou industriels, les patrons d'entreprises ne désirent pas voir les hommes *se diogéniser*, car le monde serait pris d'une mutation irréversible aux orientations bien différentes de celles que nous connaissons aujourd'hui. Pour notre investigation cela fait un très grand nombre de suspects quant à la falsification de l'image de Diogène et de sa philosophie, et cela sur une période très étendue. Pour moi il n'y a pas de complot ou d'action concertée. Imaginez une famille nombreuse qu'il faut diriger au martinet pour que raison se fasse entendre, durant des années à chaque fois qu'un des enfants croise seul le chemin du martinet il en profite pour discrètement lui arracher une des nombreuses lanières de cuir, après plusieurs années un des enfants tombant par hasard sur celui-ci s'apprête à lui arracher une autre lanière quand il s'aperçoit qu'il ne peut le faire car trop de lanières ont déjà été enlevées par ses frères et sœurs et que le martinet fait maintenant bien triste figure. C'est un peu ce qui est arrivé à Diogène, le diogénisme tel qu'on le trouve de nos jours a bien triste mine. Il est temps de le réhabiliter ! De lui rendre son sens initial, de lui donner une nouvelle jeunesse. Oui, la prochaine révolution ne sera pas socialiste, communiste, nationale-socialiste ou *babouiniste*, elle sera diogéniste.

Bon je sais, je m'emporte un peu, mais j'avais envie de dire ça, parfois il faut savoir se faire plaisir. Mais que tous les révolutionnaires en herbe se calment et restent chez eux, il ne s'agit pas de prendre les armes on sait trop bien comment cela finit, remplacer l'ancien tyran par un nouveau on connaît la musique. Si révolution un jour il y a, elle se fera par le verbe, le débat démocratique. L'intelligence et la raison doivent triompher de l'égoïsme et de la barbarie. De plus, ce sera une révolution lente, il faut l'envisager sur du long terme. Confusius disait : *Seuls les sages devraient exercer le pouvoir*, le problème est que s'il est dans l'intérêt de tous que le pouvoir soit laissé aux sages, les sages eux ne s'intéressent pas au pouvoir. Il faudrait donc les supplier de l'accepter alors que d'autres sont prêts à tuer père et mère pour s'en emparer. Dans la situation actuelle, vu que la « diogénisation » des peuples n'en est qu'à ses prémices, bien que je sente qu'une prise de conscience générale est en train de prendre forme face à l'évolution inquiétante de notre monde, la seule solution raisonnablement envisageable est un contre-pouvoir, un contrôle humaniste des projets et actions de l'exécutif, un genre de Conseil des Sages. Du moins le temps que les effets de ce que j'appelle « l'humanisation par diogénisation » commence à prendre une ampleur significative. Alors seulement quand les hommes seront prêts, les sages pourront accéder au pouvoir exécutif. Cela risque de prendre beaucoup de temps, peut-être même des siècles, mais peu importe le temps de toute façon c'est la seule solution à mes yeux pour éviter à l'humanité une catastrophe. La seule chose qui m'inquiète actuellement c'est qu'il me semble que nous n'avons plus réellement le temps. Diogène lui, à son époque, pouvait penser à très long terme, comment aurait-il pu se douter qu'un jour les hommes deviendraient assez puissants pour menacer la planète elle-même, à une époque où l'on chassait encore le lion en Macédoine.

Je me rappelle avoir lu sur une calligraphie au palais d'été de Pékin un proverbe qui m'a marqué, aussi peut-être parce que c'était une des seules que mon pauvre niveau en chinois me permettait de comprendre, elle disait : *Il faut dix ans pour faire un arbre, cent ans pour faire un homme.* Alors patience, et je nous le souhaite à tous, longévité.

Mais revenons à notre rivière, il me semble que je me suis quelque peu égaré. Nous parlions du côté bénéfique de la solitude. Je disais que paradoxalement elle m'a rapproché des hommes et pour l'exemple je me suis un peu laissé aller à parler de mon expérience. Je pense que vous comprenez maintenant pourquoi ce pays est important pour moi, et combien il me tarde désormais de retrouver Mark à Akaroa. Pourtant, plus je sens que mon aventure maritime avec Mattiew approche de la fin, plus je ressens une certaine tristesse de devoir bientôt le quitter. Nous sommes devenus de vrais amis, je ne suis pas devenu homosexuel, pourtant je l'aime ce gars, il est excellent.

Tous ces derniers développements sur le diogénisme auront aussi servi à vous montrer la teneur de mes réflexions lors de cette fabuleuse descente en canoë qui dura tout de même toute une journée. Peut-être est-ce l'incroyable cadre naturel dans lequel je voyageais, mais l'imagination ne me fit pas défaut, je me souviens d'une réflexion particulièrement amusante qui a marqué cette descente.

Avant de découvrir Diogène de Sinope j'étais déjà passionné par les systèmes de pensée, lors de mes années universitaires j'avais étudié les différentes doctrines politiques, je m'étais personnellement engagé à aller plus loin dans la compréhension de ce qui avait amené le monde à la rupture et menacé la survie même de ce dernier, menace toujours existante même si le contexte a énormément changé. Cela me montrait bien à quel point toutes ces idéologies sont importantes, puisqu'elles peuvent menacer l'existence même de l'humanité. Les connaître et les comprendre me semblait donc être une nécessité. J'ai trouvé ces recherches passionnantes même si je n'ai pu m'occuper que des doctrines et des personnages les plus importants par manque de temps. À chaque fois je m'intéressais autant au personnage qu'à son idéologie, cela veut dire pour chacun se documenter sur la personne puis lire ses écrits principaux. C'est un travail que je faisais objectivement, je m'intéressais aussi aux hommes qui ont bouleversé leur époque par leurs actions, leurs créations plus que par leurs pensées. Cela fait beaucoup de monde et beaucoup de livres à lire. D'Adolf Hitler, dont j'avais d'ailleurs retrouvé un exemplaire original de *Mein Kampf* de 1933 dans notre vieille maison de famille, à Karl Marx en passant par Léon Trotski, Napoléon, Alexandre le Grand, Che Guevara et Fidel Castro, le sous-commandant Marcos, quelques empereurs romains, Jules Verne et même le pape Jean-Paul II. En voilà un sacré ramassis d'idéologies, de doctrines, de propagandes en tout genre, d'actions héroïques, de génie, mais aussi d'ignominie, de mensonges, de manipulations habiles. Voilà ! À partir de tout cela j'espérais trouver l'idéologie qui serait la plus bénéfique, garantissant aux hommes un développement durable, sur des bases saines. Le résultat fut que, dégoûté par les systèmes économiques, la politique et les sales mentalités de ce milieu, je quittais les bancs de la fac pour aller faire bouillir des pommes de terre en restauration. Toutefois, je n'ai jamais arrêté de poursuivre mes investigations pour trouver un courant de pensée dans lequel je puisse croire et m'identifier. Bien sûr la découverte de Diogène de Sinope, ainsi que d'autres philosophes grecs m'a fait faire un bon de géant vers la réussite de ce projet, même si le chemin à parcourir est encore long, mais : *Même le plus long des voyages commence par un premier pas*, encore un savoureux petit proverbe chinois.

Tout ce travail m'a permis de faire ressortir trois personnages qui ensemble représentent tout ce que l'homme peut être, mais sans aller jusqu'aux deux extrêmes, c'est-à-dire la tyrannie totale et « génocidaire » ou bien l'extrême béatitude de ceux qui disent n'être qu'amour, car ce sont à mes yeux des cas si rares qu'ils relèvent le plus souvent de troubles mentaux. Je ne m'intéresse dans mon analyse qu'aux hommes soi-disant mentalement équilibrés. Je pense que c'est d'abord à l'homme qu'il faut s'intéresser, tous les différents systèmes politico-économiques ne valent rien, ils sont voués à l'échec car ils ne sont pas applicables aux hommes. En effet, aussi beau, aussi parfait qu'un système peut sembler être, il ne peut fonctionner si les mentalités n'ont pas évolué dans son sens. Forcer les hommes à changer n'a jamais réussi, l'histoire nous l'a déjà démontré. On le voit bien de nos jours, les seuls systèmes qui marchent à peu près sont humainement médiocres, cela parce que la majorité des hommes sont médiocres, et l'intérêt des dirigeants est qu'ils le restent. Un système pour fonctionner doit donc être à la hauteur des mentalités de ceux qui sont censés le faire fonctionner. Donc avant de vouloir concevoir d'incroyables systèmes pour les peuples, de s'affronter pour des divergences d'opinions, voire de s'entre-tuer comme on l'a déjà fait, ne faut-il pas plutôt trouver les méthodes pour faire avancer l'homme ? Un homme plus civilisé, plus intellectuellement évolué sera apte à accepter et comprendre un système plus perfectionné, plus équilibré et plus rationnel.

Mes trois personnages, qui sont Alexandre le Grand, Che Guevara et bien sûr Diogène de Sinope, si on les met en relation en faisant abstraction du temps, bien que Diogène et Alexandre soient de la même époque, et que l'on base notre analyse en terme d'*alexandrisme*, de *guevarisme* et de diogénisme, nous offrent la possibilité d'obtenir une synthèse du comportement humain. Comme je l'ai dit plus tôt, je ne m'intéresse plus aux systèmes en tout genre, puisqu'ils sont tributaires de la possibilité des peuples à les adopter et à les mettre en œuvre. Comme nous l'avons vu, l'homme semble avoir pris un sérieux retard par rapport à l'évolution des systèmes, ainsi que des fulgurantes avancées technologiques. L'évolution de la pensée des peuples est très lente par rapport à celle des structures de nos sociétés et des technologies. Quels que soient la pertinence ou le niveau de perfection du système, s'il n'est pas compris, s'il dépasse les hommes pour lesquels il est censé être conçu, ces derniers seront incapables de le faire fonctionner et c'est donc un échec programmé, et ce n'est pas en abrutissant les hommes pour en faire de meilleurs consommateurs que l'on va s'en sortir.

C'est donc pour tout cela que ce qui m'intéresse désormais c'est l'action de l'homme sur lui-même, et l'action de l'homme sur les hommes. C'est là qu'intervient la mise en relation d'Alexandre, du Che et de notre sympathique *Chien* qu'est

Diogène, puisqu'on le surnommait ainsi, ce qui n'était pas pour lui déplaire. Ils ont tous les trois des choses en commun, comme la volonté de faire avancer l'homme, le rêve d'une société nouvelle, la pratique de l'exemple, un dévouement total à leur cause et une incroyable combativité.

Alexandre souhaite amener la culture helléniste aux autres peuples, mais aussi incorporer le meilleur de chaque nouvelle culture rencontrée, ainsi que toutes les importantes découvertes de son périple à la société grecque. Le mélange des peuples et des cultures pour arriver à une supercivilisation tout au bénéfice des hommes, voilà l'idée qui grandit en lui au fur et à mesure de son avancée en terres inconnues.

Che Guevara lui veut libérer les peuples de la servitude et du colonialisme en s'appuyant sur l'idéologie marxiste, il rêve d'une société nouvelle, avec plus de fraternité, d'égalité et où les hommes seraient moins égoïstes.

Pour Diogène de Sinope l'important c'est de faire réagir les hommes pour qu'ils prennent conscience de la réalité et de l'importance de l'humanisme. Cela d'abord par la compréhension de sa propre personne, puis de ce qu'est notre monde. Il rêve d'une république démocratique où les hommes seraient devenus des humains lucides et raisonnables. Il a décidé de faire passer son message par une pratique extrême de l'exemple.

Diogène et Che Guevara abandonnent tout pour se dévouer totalement à la cause. Alexandre lui est né prince, il profite donc de son statut pour mener à bien ses projets. Toutefois, on peut quand même dire, que quelque part, il abandonne la réelle vie de monarque pour vivre le plus souvent sous la tente avec ses hommes et aller toujours plus loin dans sa quête.

Donc s'ils semblent tous les trois poursuivre le même but : changer l'homme et la société, plus que leur différente personnalité et origine, ce qui les différencie vraiment c'est la méthode pour y parvenir. C'est ici que le diogénisme prend tout son sens. Cette étrange mise en relation de trois différentes manières d'agir, qui visent pourtant un but similaire, m'a permis de comprendre et de faire ressortir la justesse du diogénisme, mais vous allez le constater vous-mêmes, c'est une évidence.

En effet, Alexandre est beau, jeune, puissant, intelligent, fougueux, courageux, bref il n'est pas loin d'être un homme parfait mis à part ses excès de colère quand parfois il abuse du vin, mais personne ne lui en tiendra rigueur, à part peut-être le pauvre Cleitos transpercé d'une sarisse lors d'une beuverie. Mais Alexandre brille, beau comme un dieu dans son armure, il fascine, on l'admire, on l'aime, on est prêt à le suivre partout où il nous entraînera. Et voilà ! Voilà la faiblesse des hommes qui, comme de simples pies, sont attirés par ce qui brille. Car c'est cela que les hommes retiennent d'Alexandre, sa beauté, sa puissance, son courage au combat, etc., ils ne s'intéressent pas à ce qui fait, pour moi, qu'il fut un homme incroyable en son temps, sa volonté de bâtir plus que de détruire, de comprendre et d'assimiler les différences culturelles, d'échanger les savoirs, de fraterniser avec les peuples. Mais pour mon analyse je ne prendrai en compte sous le terme d'*alexandrisme* que cette vision limitée et pour moi peu glorieuse qu'ont la plupart des gens de lui. On peut d'ailleurs souligner qu'il en est de même pour Napoléon, beaucoup sont fascinés par son génie militaire, ses conquêtes, ses beaux costumes d'apparat, par la gloire du sacre. Peu le sont par les raisons qui firent de lui un homme admirable, son immense capacité à travailler, à innover dans la vie civile, on lui doit de grandes choses comme le Code civil, l'Université impériale, la Banque de France, l'Institut de France etc. Je peux donc dire que la plupart des gens ne retiennent ou ne s'intéressent qu'à la partie *alexandriste* des personnages, c'est-à-dire ce qui brille et qui fascine.

L'action *alexandriste* comprend de faire plier les gens en son sens, par la force s'il le faut, ce qui pour tout diogéniste est une hérésie car seule la parole, même si elle est souvent accompagnée de l'exemple, peut faire changer l'homme. L'invitation au débat, parfois déclenchée par la provocation, est l'arme de prédilection du diogéniste.

Il s'est avéré que leur volonté de changer l'homme se soit soldée pour tous les trois par un échec quasi total.

Après la mort d'Alexandre, là où devaient régner la fraternité et une nouvelle civilisation tout ne fut que déchirement, mort et destruction pour la succession du pouvoir.

Che Guevara lui alla droit à la mort après avoir compris que l'homme n'était pas prêt à changer, il assuma et ne renia pas son idéologie jusqu'à son odieuse exécution orchestrée par des agents de la C.I.A.

Diogène fidèle à lui-même affronta la mort avec sérénité, je pense qu'il n'était pas plus désespéré par l'action des hommes au moment de sa mort qu'il ne le fut toute sa vie. Il a toujours su qu'il ne parviendrait pas à ramener les hommes à la raison, mais il avait conscience que c'était un combat engagé sur le long terme, il n'avait pas la prétention de voir les choses changer de son vivant, à l'inverse d'Alexandre et du Che. Je sais que c'est difficile à imaginer pour la plupart des gens, mais nous parlons ici de chose qu'il ne faut pas traiter à l'échelle d'une vie humaine mais de dizaines voire de centaines. Je pense que notre *Chien* s'est éteint en paix avec lui-même, avec le sentiment de la mission accomplie. Vu la notoriété qui était la sienne au moment de sa mort, âgé de près de quatre-vingt-dix ans, dit-on, je pense qu'il avait conscience que l'aboiement du *Chien* de Sinope résonnerait encore pour des siècles. Diogène ne voulait pas de cérémonie à sa mort, ni de tombeau fastueux, il avait l'habitude de dire que si les chiens déchiraient son cadavre, il aurait une sépulture à la manière des Hyrcaniens, si les vautours venaient fondre sur lui, ce serait une sépulture à l'indienne, et si, par ailleurs, personne ne s'en approchait, le temps se chargerait de lui faire une magnifique sépulture avec l'aide des éléments les plus parfaits, le soleil et la pluie.

Mais les hommes voulurent dans leur chagrin quand même l'honorer, sur son tombeau on édifia une colonne funéraire surmontée d'un chien en marbre de Paros. Sur le bronze ils gravèrent : « Le bronze lui-même subit le vieillissement du temps, mais l'éternité infinie ne détruira jamais ta gloire, ô Diogène ! seul tu as enseigné aux mortels l'art de se suffire à eux-mêmes dans la vie et le chemin le plus court pour y parvenir. » Beaucoup vinrent et en hommage à notre *Chien* gravèrent des graffitis, chacun y allant de sa petite phrase. J'aurais aimé y graver celle-ci : « Écoute le Chien qui aboie dans l'infini et prends garde qu'il te morde. »

Je me demande pourquoi parmi ces trois personnages, qui ont été si importants dans la quête de compréhension de ma personne, les gens ne retiennent que les deux qui ont, par le choix de leurs actions, tout de même causé la mort de nombreux hommes. Si Diogène lui aussi semble avoir échoué, lui au moins n'a causé la mort de personne ce qui pour moi est un facteur indéniable de sa grandeur, car l'idéologie est une chose dangereuse.

En fait, on peut dire que chaque homme a en lui une part d'*alexandrisme* et une part de diogénisme, même si jusqu'à aujourd'hui c'est la part d'*alexandrisme* qui a pris le pas pour notre plus grand malheur sur la part diogéniste. Che Guevara a étrangement développé les deux à part égale, ce qui fait de lui une personne ambigüe, car louable et condamnable.

Le diogénisme a démontré qu'il n'est pas une idéologie dangereuse, à part sans doute pour nos systèmes politico-économiques actuels ce qui en fait donc l'ennemi des puissants de ce monde. Je souhaite du plus profond de moi-même que chacun développe la part de diogénisme qui est en lui, à son rythme, à son niveau, par rapport à ses possibilités. On ne naît pas diogéniste on le devient, comme on ne naît pas humain on le devient aussi. Et se mettre sur la voie du diogénisme c'est déjà se donner de grandes chances de réussir à le devenir, ainsi d'arriver à un stade où la compréhension transforme la vision du monde, de l'humanité, et enfin de découvrir quel est le sens de la vie. Tout le monde peut y accéder, il n'y a pas de classe sociale, de nationalité, de race, de sexe, seulement des hommes et des femmes travaillant à devenir humains avec tous les avantages, mais aussi les devoirs que cela comporte, devoirs envers l'humanité et la nature.

Mes trois personnages historiques sont des hommes hauts en couleur, attachants, si même toutefois l'humour semble faire défaut à Alexandre, bien qu'une fois, du fond de son périple, il fît envoyer un cadeau à Diogène, ce dernier ouvrit le paquet et y trouva un os, il s'écria alors : « C'est certes un présent de chien, mais certainement pas un cadeau royal. »

Toute cette réflexion m'a amené à avoir une idée saugrenue mais terriblement amusante. En effet, durant une bonne partie de mon inoubliable descente en canoë, je me suis imaginé en compagnie d'Alexandre, du Che et de Diogène, imaginant les discussions que nous aurions pu avoir tous les quatre. Je peux vous dire que maintes fois je me suis plié en deux de rire tout seul dans mon embarcation, face aux pitreries de Diogène, le Che ayant du mal à garder son sérieux et Alexandre offusqué par tant d'affronts même si comme moi et le Che il savourait tant de réparties et tant d'humour tout en dérision. D'ailleurs, pour ceux qui crachent sur le *Chien* que je suis, et persistent à penser qu'il n'y a que l'*alexandrisme* qui sied convenablement à l'homme, je tiens à citer Alexandre le Grand lui-même, qui a dit : « Si je n'avais été Alexandre, j'aurais voulu être Diogène. »

Je pense qu'un jour prochain j'écrirai une nouvelle sur cette rencontre de nos trois personnages basée sur les dialogues croustillants à souhait qui en sont ressortis.

Mais voilà à nouveau l'étrave du *Green Dolphin* qui fendait l'écume vers une nouvelle destination, Akaroa. Je regardais Port Jackson disparaître par bâbord arrière, le plafond nuageux était très bas, gris et menaçant, le vent venant du sud était glacial, refroidi par les glaces antarctiques, et la pluie fine qui nous fouettait les joues l'était tout autant. Cet endroit et ses habitants me manqueraient. C'est le cœur serré que je quittais aussi ma rivière, mais je pensais déjà qu'à mon retour en France je leur rendrai à tous hommage dans ce récit de voyage que je comptais écrire d'après mes souvenirs, mais surtout d'après mon journal de voyage que je tenais à jour avec le plus de détails possible. C'est à ce moment précis que je pris la décision de donner à ce modeste ouvrage ce titre qui peut paraître étrange au premier abord : « Sur la rivière avec le Chien, Che et Alexandre. » Soudain une pensée me vint, l'écrirai-je vraiment un jour ?

Un nouvel homme

Emmitouflé dans nos anoraks nous étions tout à la navigation. J'étais presque devenu un marin confirmé et je ne me sentais plus inutile sur le pont. Le temps restait menaçant, la mer bien creusée et toujours cette fine pluie glacée, mais rien ne semblait pouvoir arrêter le *Green Dolphin* qui fonçait furieusement plein sud, au moment où nous doublions le West Cape par 46° sud et 166° est. Mattiew m'annonça que nous dépasserions bientôt Puysegur Point, alors nous mettrions cap à l'est pour nous engouffrer dans le détroit de Foveaux et ainsi passer entre l'île du Sud et Stewart Island. Mattiew m'informa aussi que si le temps venait encore à se détériorer nous devrions nous abriter dans le port d'Invercargill, car ici le temps change vite et les tempêtes peuvent se montrer extrêmement violentes.

Comme à mon habitude je me pliais avec confiance aux décisions du commandant, même si au fond de moi je préférais que l'on ne s'arrête pas, que l'on quitte la mer de Tasman pour retrouver l'océan Pacifique Sud et remonter quasi plein Nord, droit sur Akaroa. Si nous naviguions toute la nuit, nous devions arriver d'après Mattiew à Akaroa vers cinq ou six heures du matin, juste à temps pour un beau lever de soleil. Je nous voyais déjà Mattiew et moi prenant un copieux petit déjeuner avec Mark et sa famille, savourant les incontournables tartines d'avocat au bacon accompagnées d'un bon café à la bosniaque dont j'oublierai, une fois de plus, qu'il ne faut pas boire la dernière gorgée, pour le plus grand bonheur de mes amis se réjouissant d'une authentique grimace de plus.

Mattiew avait accepté de rester quelques jours à Akaroa avec nous, je savais déjà qu'il s'entendrait à merveille avec Mark, et que de grands moments de joie nous attendaient. Je m'occuperai de faire valoir mes talents culinaires, Mark de nous faire vivre son amour de l'œnologie et Mattiew de nous régaler d'anecdotes de marin. Wendy, la charmante femme de Mark et leurs deux grands enfants Rachel et Stephen ne manqueraient pas de se joindre à nous, et dans une amitié sincère et chaleureuse nous allions passer des soirées inoubliables, comme j'en ai encore plein la tête de mon premier passage à Akaroa.

Oui je brûlais d'impatience à l'idée de revoir Mark, mon petit appartement de la rue Lavaud, le petit cimetière français où j'avais passé de longs moments à méditer sur mon banc. N'était-ce pas à Akaroa que ma vie avait pris une nouvelle orientation ? Je me pose souvent des questions sur ce que l'on appelle la destinée, jusqu'à quel point est-elle influençable, et le hasard dans tout ça ? Existe-t-il vraiment ? Tant de choses m'étaient arrivées en seulement cinq courtes années. J'avais l'impression que je venais juste de commencer à vraiment vivre. Avant, ce n'était rien qu'attente, perte de temps, un incroyable gâchis. J'avais perdu trop de temps devant la télévision à regarder des conneries, à courir derrière une vie qui n'était pas faite pour moi. Et voilà que sur un coup de tête je me retrouve seul en Nouvelle-Zélande et que la vie, la vraie, enfin commence. Après certes un court et douloureux moment d'adaptation, me voilà qui découvre enfin que la vie peut être passionnante. Tous ces voyages, toutes ces rencontres, toutes ces découvertes, et l'humanité qui me dégoûtait dorénavant me fascinait, la nature avait plus d'importance à mes yeux qu'elle n'en avait jamais eu. Le statut social, le pouvoir de consommation, tout ce qui pour la plupart est synonyme de réussite n'a plus guère de valeur pour moi. J'ai tant changé que je ne crois plus que ma place soit parmi les miens, en France. Comme Alexandre le Grand, Che Guevara et Diogène qui, à ma connaissance, est l'un des premiers si ce n'est le premier à employer ce terme, je me sens désormais *citoyen du monde*. De plus, il est difficile pour tous ceux qui vous ont connu votre vie durant d'admettre un tel changement. Oui aujourd'hui je suis assurément un nouvel homme, Diogène dirait que je suis sur la voie d'en devenir un et il aurait raison. Je ne me suis jamais senti aussi humain, aussi à même de me comprendre, de comprendre les hommes, de comprendre le monde dans lequel je vis. Je veux persister sur cette voie quoi qu'en disent certaines personnes, simplement parce qu'elle me rend heureux. Beaucoup de personnes, non pas par jalousie, mais par réelle affection pour moi m'ont conjuré de revenir dans les rangs, de rejoindre le troupeau. Mais ils ne comprennent pas que pour moi c'est à tout jamais impossible. Alors, pour me faire peur ils me prédestinent à quelques fins sordides, mais cela n'a aucun effet sur moi, en réalité c'est eux-mêmes qu'ils effraient. Cela me fait de la peine, car je les sais sincères. Toutes ces peurs sont profondément implantées dans la pensée populaire, qu'elles y fussent semées intentionnellement dans le but de maintenir la cohésion des troupeaux, ou qu'elles soient le fruit naturel de l'effet de groupe, je ne rentrerai pas dans le débat. Mais leur existence est pour moi un frein à l'évolution personnelle de chaque homme. Si tu ne cotises pas tu n'auras pas de retraite, comment feras-tu pour tes vieux jours ? Et si tu tombes malade ? Et si, et si, et si...

Il ne faut pas croire que je prenne tout cela à la légère, j'y ai pensé car j'ai été élevé comme presque tous dans la peur du lendemain et j'ai eu du mal à me séparer de ce qui est aujourd'hui pour moi une simple croyance populaire sans réel fondement.

En parcourant le monde j'ai vu beaucoup d'humains vivre différemment de nous. Bien sûr il faut réfléchir, ne pas faire n'importe quoi, il suffit d'agir avec intelligence, les choses sont beaucoup plus claires et logiques que l'obscure pensée de masse veut bien le prétendre. Il y a de nombreuses alternatives de vie, j'en ai vu beaucoup être de beaux succès et offrir une qualité de vie bien supérieure, à mes yeux, à celle à laquelle nous prédestine la société capitaliste. J'ai beaucoup observé, discuté, comparé et mon choix est fait, salut les gars et bon courage à vous !

D'ailleurs, adopter sans broncher les règles de vie de nos sociétés occidentales ne vous met pas à l'abri d'une destinée sordide, la réussite par l'effet pervers de la concurrence n'est pas accessible à tous. Quant aux maladies, aux accidents et autres maudits imprévus, en plus de la vieillesse, ils sont le lot de tous. Vos confortables sociétés sécuritaires n'hésiteront pas alors à vous mettre au rebut pour tout remerciement de votre confiance accordée. Moi je ne dis pas aux gens de choisir mon style de vie, chacun est libre de faire de sa vie ce qu'il en souhaite. Nous ne sommes pas tous faits pour vivre une vie identique, alors que cesse le tir à boulet rouge sur ceux qui pensent et agissent différemment, un peu de pluralisme ne fait jamais de mal dans des sociétés qui en oublient leurs fondements démocratiques. À chacun de définir quels sont les risques et de les doser dans sa propre vie. De toute façon le risque est inhérent au fait de vivre. C'est vrai, je ne remonterai jamais les Champs-Elysées à Paris où la promenade des Anglais à Nice dans une Ferrari flambant neuve. Je me contenterai de poser mon postérieur sur un vieux rocher bien usé et de regarder avec un plaisir intense de jeunes otaries jouer dans l'eau devant moi.

J'aime ce nouvel homme que je suis devenu, oui, aujourd'hui j'aime Éric Brampton, ce qui n'a pas toujours été le cas. Cela peut paraître bien narcissique, mais comment aimer les autres si on ne s'aime pas déjà soi-même ? Cela me donne encore plus envie de m'améliorer, de continuer à travailler sur ma personne.

Je trouve le nouvel homme de Che Guevara intéressant, il le définissait non pas comme un homme parfait, mais comme un homme complet. Peut-être que la plus grande aventure de l'homme est une aventure intérieure. Dénué de tout obscurantisme religieux, l'homme devrait se frayer un chemin parmi ses doutes et les réalités douloureuses, avec comme seules armes son intelligence et une sincérité à toute épreuve. Alors il arriverait de l'autre côté de cette épouvantable jungle, dénudé, souriant et serein, simplement humain.

Le dernier refuge de la Mère

Nous longions toujours les côtes du Fiordland, nous nous étions sensiblement rapprochés autant pour préparer notre entrée dans le détroit de Foveaux que pour admirer ces lieux impressionnants. Le temps s'était nettement amélioré, même si la bruine persistait le vent, lui, s'était calmé rendant ainsi la navigation plus agréable. On aurait pu regretter de ne pas avoir un temps plus clair, la brume et la bruine ne permettant pas une vision très lointaine, mais de toute façon il fait rarement beau dans ces lieux, c'est l'endroit de Nouvelle-Zélande où il pleut le plus. En fait, nous étions conviés à contempler le Fiordland tel qu'il se présente la plupart du temps, et je dois dire qu'abstraction faite du froid, de l'humidité et de cette vision aléatoire, l'endroit était réellement majestueux. La brume se déversait de fjords imposants avec une incroyable lenteur, elle tentait parfois même une vertigineuse ascension, mais les vents se chargeaient de la dissiper dans la végétation rendant toute la forêt primaire fumante comme la vallée volcanique de Waimangu dans l'île du Nord. Ici les montagnes massives tombent dans l'eau bleu marine de l'océan, à l'endroit où les vagues se fracassent dans une explosion d'écume blanche sur de noirs rochers, accompagnées par le braillement quasi continu des otaries et lions de mer. La brume ne donnait que plus de force, de mystère à cette côte sauvage. Comme dans ces films où de courageux aventuriers, ou de pauvres naufragés découvrent une île inconnue, belle et menaçante à la fois, d'où émane ce parfum ancré dans nos gènes de nature sauvage, de bestialité originelle.

Oui voilà l'effet que provoquait sur moi le Fiordland, je sentais la force incroyable de la nature telle qu'elle fut partout sur terre avant que l'homme ne la réduise à peau de chagrin. En effet, le Fiordland est l'un des derniers endroits de la planète à héberger une forêt primaire, c'est-à-dire une forêt ayant évolué sans aucune intervention humaine. Les dernières forêts primaires de la planète sont en grand danger, que ce soit en Alaska, en Indonésie, en Amazonie, en Amérique centrale, en Centrafrique et même en Nouvelle-Zélande où pourtant la forêt est la mieux protégée de toutes. Elles regorgent d'espèces endémiques autant par leur faune que par leur flore, aujourd'hui les scientifiques se rendent compte du potentiel incroyable de cette nature vierge, surtout dans le domaine de la pharma-cologie, mais aussi de la biomécanique et autres biosciences. En fait, la disparition des dernières forêts primaires serait une véritable tragédie aux conséquences incalculables, pourtant leur sort semble déjà scellé. Toujours la même sordide histoire, le profit, le pouvoir maléfique de l'argent, l'égoïsme, la bêtise.

Pourtant, même si nous l'avons oublié, nous fûmes par le passé de fervents admirateurs de la nature. Nos lointains ancêtres, qui vivaient en peuplades il y a plus de soixante mille ans au sein d'une nature puissante et dangereuse, sculptaient dans le bois, l'os, l'ivoire, de petites grosses à gros seins et gros derrière. Il ne faut pas forcément croire que c'était le canon de beauté de l'époque, non c'était la représentation d'un dieu naturel, celle de Mère Nature, la mère nourricière de tous les hommes, d'où ses formes généreuses. Jean M. Auel en fait une description criante de réalisme dans sa saga : *Les Enfants de la Terre*, elle la nomme la grande Doni, la Mère. Mais les temps ont bien changé, les hommes depuis ont maintes et maintes fois changé de dieux. Il semblerait même qu'une bonne partie de l'humanité soit en train d'en adopter un nouveau, il s'appelle « Argent ».

Peut-être est-ce la résurgence d'un reste de gène de Cro-Magnon qui, enfoui au plus profond de moi-même, se réveilla à l'approche du sein maternel, mais je sentis la présence de la Mère en ces lieux riches et puissants.

Je me dis qu'en effet, c'était le dernier endroit probable d'une retraite permanente face à l'avancée des hommes qui l'avaient reniée. Ici, parmi ses derniers bataillons, elle livrerait le dernier combat, au milieu des fortifications naturelles, les fjords formant de multiples douves et murailles, la végétation dense, luxuriante formant des filets naturels, les pluies abondantes rendant le sol boueux et glissant. Partout, prêts à s'abattre sur vous, patrouillent de petits nuages de *sandflies*, ces minuscules moucherons assoiffés de sang sont vraiment redoutables, malheur à qui oublie sa citronnelle !

En effet, l'armée de réserve de notre Mère Nature semble être constituée dans sa quasi-totalité de ses plus petits sujets. Tous ses sujets de grande taille ou de taille moyenne ayant été massacrés, emprisonnés dans nos jardins zoologiques, ou vivant par-ci ou par-là dans un des nombreux ghettos animaliers de la planète où leur vie reste constamment menacée par les nombreuses incursions de fous de la gâchette en tout genre. Oui, il reste bien les requins qui patrouillent constamment, et rendent impossible toute attaque à la brasse, même si cette dernière est plus qu'improbable, mais il ne faut pas le leur dire, car dans une situation aussi catastrophique il faut préserver le moral des troupes encore aptes à combattre.

Mais plus sérieusement, malgré les apparences, la Mère reste puissante et c'est dans son infinie bonté qu'elle nous a épargnés, mais si les hommes n'évoluent pas et poursuivent leur agression elle n'aura pas le choix, elle devra employer ses armes secrètes. Les scientifiques aiment à dire que la nature est un grand laboratoire, c'est vrai la biologie n'a pas de secret pour elle. Alors imaginez un peu la puissance des armes biologiques qu'elle possède. Ces bataillons microscopiques sont pour nous un réel danger. Je dirai qu'hormis la possibilité éventuelle de nous autodétruire, nucléairement ou par les effets néfastes de la pollution, c'est le danger principal que doit craindre l'humanité.

Je pense sérieusement que les déséquilibres causés par les dégâts humains sur la planète peuvent avoir des répercussions désastreuses. Quand tout est équilibre comme le croyaient les Chinois anciens, un déséquilibre de l'ordre naturel peut entraîner l'apparition de nouveaux fléaux, la mutation de virus pouvant entraîner une pandémie dévastatrice sur l'entière humanité. L'équilibre naturel doit être préservé tant que ce dernier ne semble pas encore être rompu, vu l'état actuel des choses il nous faut réagir rapidement.

Le temps s'étant amélioré Mattiew décida que nous pouvions ne pas nous arrêter à Invercargill et continuer directement jusqu'à Akaroa. Nous devions donc nous organiser pour dormir à tour de rôle et nous arriverions au lever du jour en Banks Peninsula. Avec nostalgie je regardais disparaître dans le lointain le dernier pic frontière du Fiordland, dernier refuge de la Mère. Je me promettais de revenir au Fiordland cette fois-ci à pied avec un bon sac à dos et bien sûr ma citronnelle. J'étais heureux de savoir que demain je retrouverais Mark et Wendy, mais en même temps c'était la fin d'une belle aventure et Mattiew repartirait seul pour les îles Samoa. Je ne savais pas encore à ce moment-là que je ne le reverrais jamais, j'appris la terrible nouvelle alors que j'étais rentré en France depuis à peine un mois, il avait perdu la vie dans un stupide accident de la route. J'avais perdu un ami cher, l'humanité avait perdu un humain digne de ce nom, le *Green Dolphin* était désormais orphelin. Je ne sais pas pourquoi mais je garde de lui cette image qui me revient sans cesse, je le vois souriant, mal rasé, dans son anorak bleu marine une main sur la barre, dans l'autre un verre de whisky, regardant l'horizon l'air de dire : « Putain on est pas bien là ? elle est pas belle la vie ? »

Oui Mattiew, tu étais un diogéniste sans le savoir, tu vécus libre et heureux car tu t'en étais donné les moyens. Cette aventure fut riche en enseignements, je crois que c'est là que m'est vraiment apparu que la chose la plus précieuse c'est bien la vie elle-même, la vie dans sa plénitude, et il faut tout faire pour qu'elle perdure dans l'équilibre naturel de ce monde prodigieux qui nous héberge, c'est peut-être cela le sens de la vie, après tout ? Oui Mattiew, la vie est belle !

Gaspé referma le livre, il semblait ému, c'était comme s'il redécouvrait son maître, maintenant il le comprendrait encore mieux. Il sentait qu'à travers tous ces écrits Brampton continuait à être présent. Un jour ce dernier lui avait confié qu'il se sentait parfois dans une osmose si parfaite avec la pensée diogéniste qu'il lui semblait que Diogène l'accompagnait, le soutenait à chaque fois qu'il avait besoin de lui.

Cela faisait maintenant une vingtaine de jours qu'Éric Brampton s'était éteint. Lors d'une sobre cérémonie, ils avaient répandu les cendres du vieux diogéniste autour d'un gros rocher qui trônait au pied du mûrier de Chine, au milieu du petit parc situé dans l'enceinte même des bâtiments du Parlement européen. Le sénateur aimait venir s'y promener, méditer parmi les arbres et arbustes en écoutant les oiseaux. Ses dernières volontés furent respectées, il n'y eut ni plaque, ni stèle, il ne voulait pas que son nom figure où que ce soit. Pour lui, vouloir laisser une trace de son passage sur terre pour la postérité, n'était pas digne d'un diogéniste. Le diogéniste agit de son vivant et accepte avec sérénité la mort et le fait de disparaître, rien n'est éternel. Toutefois, Gaspé décida de faire un léger accroc à la règle diogéniste, le nom du Maître n'apparaîtrait pas, il n'y aurait nul éloge sur sa personne, sur son action, mais juste une épitaphe anonyme. Celle que Brampton aurait voulu graver sur la pierre tombale de Diogène : « Écoute le Chien qui aboie dans l'infini et prends garde qu'il te morde. »

Annexe 1

Anecdotes et citations

Alexandre le Grand : « Si je n'avais été Alexandre, j'aurais voulu être Diogène. »

Un jour quelqu'un demanda à Platon : « Quelle sorte d'homme te semble être Diogène ? » « Socrate devenu fou » répondit-il.

Marc Aurèle : « Que sont Alexandre, César et Pompée auprès de Diogène, Héraclite et Socrate ? Ceux-ci, en effet, connaissaient les choses, les causes, les substances, et leurs principes de direction restaient toujours les mêmes ; mais ceux-là, combien de choses ils ignoraient, et de combien ils s'étaient faits esclaves ? »

Épictète : « Souviens-toi que tu dois te comporter comme dans un festin. Le plat qui circule arrive-t-il à toi ? Tends la main et prends modérément. Passe-t-il loin de toi ? Ne le recherche pas. Tarde-t-il à venir ? Ne jette pas de loin sur lui ton désir, mais patiente jusqu'à ce qu'il arrive à toi. Sois ainsi pour tes enfants, ainsi pour ta femme, ainsi pour les charges publiques, ainsi pour la richesse, et tu seras un jour digne d'être le convive des Dieux. Mais si tu ne prends rien de ce que l'on te sert, si tu le considères avec indifférence, tu seras alors non seulement le convive des Dieux, mais tu deviendras aussi leur collègue. C'est en faisant ainsi que Diogène, Héraclite et leurs semblables ont mérité d'être justement appelés ce qu'ils étaient : des êtres divins. »

Sénèque : « Il est des hommes qui sont à l'abri de tout désir ; qui peuvent à peine être atteints par les besoins de l'humanité [...]. Je dois nécessairement être vaincu par Diogène, qui marche nu au milieu des trésors de Macédoine, et foule aux pieds les richesses des rois. Ah ! Certes alors, à ses propres yeux et à ceux des hommes auxquels un nuage ne voilait pas la vérité, ne paraissait-il pas bien au-dessus de celui qui faisait tout ployer devant lui ? Il était plus puissant, plus riche qu'Alexandre, alors Maître du monde. Car il pouvait refuser beaucoup plus que le roi ne pouvait donner. »

Certains lui disaient : « Tu es âgé : dorénavant, prends un peu de repos. »

« Eh quoi ! fit-il, si je courais le long stade, devrais-je me relâcher près de la ligne d'arrivée ? Ne devrais-je pas plutôt accélérer ? »

Un eunuque vicieux avait inscrit sur sa porte : « Rien de mauvais n'entre ici. » Diogène lui dit : « Comment donc le Maître de la maison pourra-t-il entrer ? »

« Quelle est, demandait-on, la plus belle chose au monde ? » « La liberté de langage », répondit-il.

« La seule vraie citoyenneté est celle qui s'étend au monde entier », disait-il.

« Il est étrange, disait Diogène, que l'on verse de l'huile dans la lampe pour y voir plus clair sur la table, tandis qu'on ne veut en rien dépenser ses forces à devenir plus sage d'esprit de manière à bien discerner ce qu'il y a de meilleur pour l'existence. »

À quelqu'un qui lui demandait comment on pouvait devenir maître de soi, Diogène répondit : « En se reprochant fortement à soi-même ce que l'on reproche aux autres ».

On lui demandait ce que la terre portait de plus lourd. « Les gens sans éducation », répondit-il.

Il était en train de déjeuner sur la place publique : « Chien ! » criaient les badauds réunis autour de lui. « C'est plutôt vous les chiens, reprit-il, puisque vous m'entourez pendant que je mange. »

Un jour, au marché, il se masturbait en disant : « Ah ! Si seulement on pouvait apaiser sa faim en se frottant ainsi l'estomac ! »

Durant un banquet, certains convives lui lançaient des os comme à un chien : il s'en tira en allant pisser sur eux comme un chien !

Aux gens terrifiés par leurs rêves, il avait l'habitude de dire : « Vous ne prêtez aucune attention à ce que vous faites en l'état de veille, mais vous examinez avec soin les fantaisies qui vous viennent en dormant. »

Diogène s'écria un jour : « Ohé ! Des hommes ! » Les gens s'assemblèrent aussitôt, mais il les toucha de son bâton en disant : « J'ai demandé des hommes, pas des déchets ! »

« Les hommes, disait-il, entrent bien en compétition quand il s'agit de creuser des tranchées ou de jouer des pieds, mais personne n'en fait autant pour devenir honnête homme. »

Il ne faut pas seulement voir en Diogène de Sinope le provocateur qu'il était assurément, mais aussi et surtout le philosophe complexe et difficile à comprendre au premier abord, qui s'avère, pour qui s'intéresse vraiment à sa philosophie, un être extraordinaire. Ce que nous confirme Diogène Laërce dans ce témoignage : « Il y avait dans cet homme un pouvoir de persuasion si étonnant qu'il pouvait par ses discours convaincre n'importe qui. En tout cas, on dit qu'un certain Onésicrite d'Égine avait envoyé à Athènes ses deux fils et que l'un des deux, Androsthénès, écouta Diogène et resta auprès de lui. Alors Onésicrite envoya auprès de lui l'autre fils, le plus âgé, Philiscos dont j'ai déjà parlé, et de la même façon Philiscos fut happé. En troisième lieu, il arriva lui-même et il ne fit rien moins que de se joindre à ses fils pour philosopher avec eux. Tel était le charme des paroles de Diogène. »

Annexe 2

Carte de voyage d’Éric Brampton

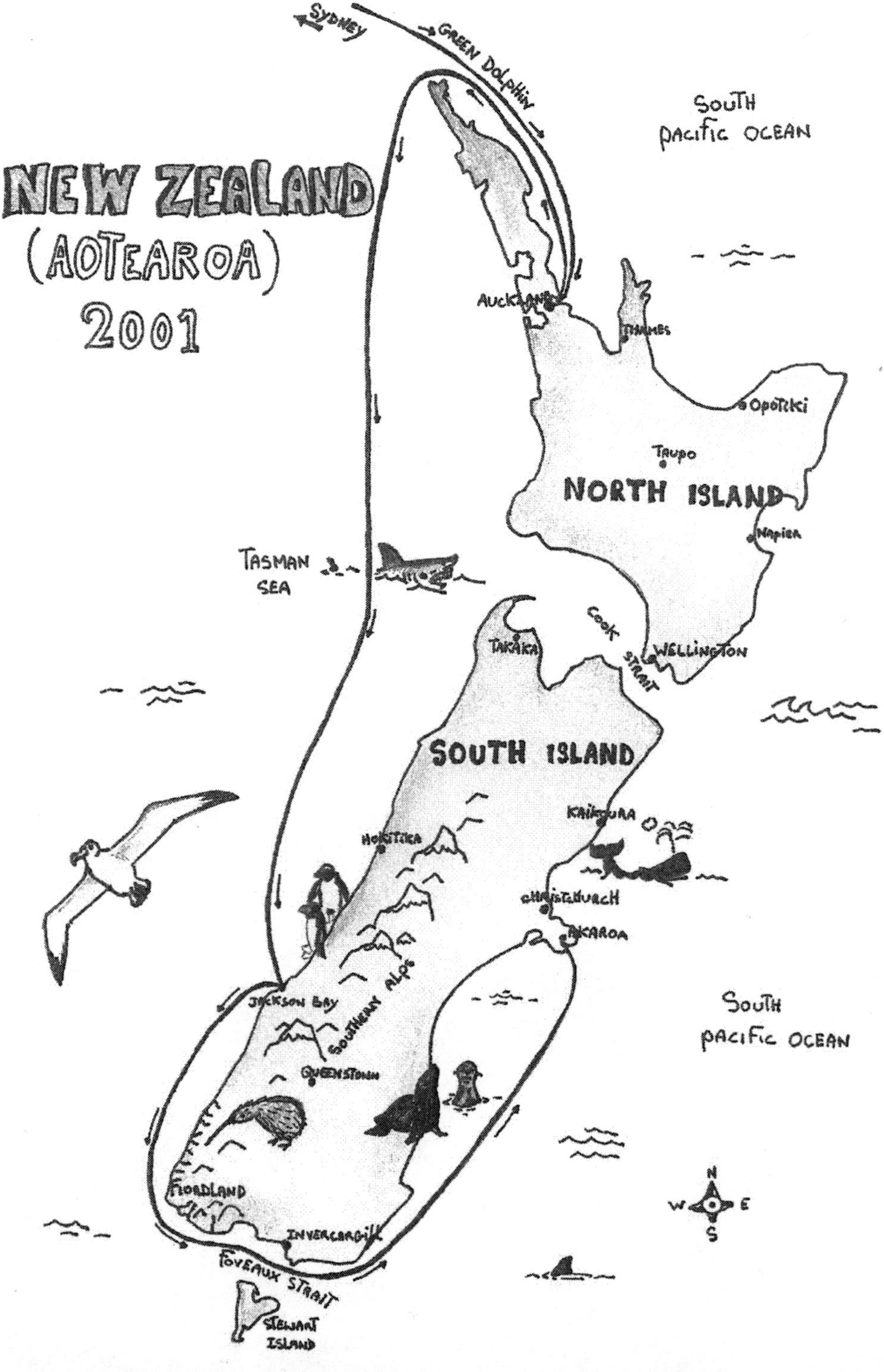

NEW ZEALAND
(AOTEAROA)
2001
SYDNEY
GREEN DOLPHIN
SOUTH PACIFIC OCEAN
AUCKLAND
THAMES
OPOTIKI
TAUPO
NORTH ISLAND
NAPIER
TASMAN SEA
COOK STRAIT
TAKAKA
WELLINGTON
SOUTH ISLAND
KAIKOURA
HOKITIKA
CHRISTCHURCH
AKAROA
JACKSON BAY
SOUTHERN ALPS
QUEENSTOWN
SOUTH PACIFIC OCEAN
FIORDLAND
INVERCARGILL
FOVEAUX STRAIT
STEWART ISLAND
N
W
E
S

Bibliographie

AUBERGER (Janick), *Historiens d'Alexandre*, Bilingue, coll. *Fragments* dirigée par Michel CASEVITZ, Paris, Éd. Les belles lettres, 2001.

CARATINI (Roger), *Alexandre le Grand*, Paris, Éd. Hachette, 1999.

GUÉRIN (Raymond), *La confession de Diogène*, Nantes, Éd. le passeur, 1999.

HERVIEU (Paul), *Diogène le chien*, Houilles (78), Éd. Manucius, 2006.

KALFON (Pierre), *Che Ernesto Guevara, Une légende du siècle**, Paris, Éd. du Seuil, 1997.

MANFREDI (Valerio) :

*Alexandre le Grand I, Le fils du songe**, Paris, Éd. Pocket, 2001.

*Alexandre le Grand II, Les sables d'Ammon** *II*, Paris, Éd. Pocket, 2001.

*Alexandre le Grand III, Les confins du monde** *III*, Paris, Éd. Pocket, 2001.

ONFRAY (Michel), *Cynismes, Portait du philosophe en chien*, Paris, Éd. Grasset & Fasquelle, 1990.

PAQUET (Léonce), *Les Cyniques grecs, Fragments et témoignages**, Paris, Le livre de poche, n°4614, 1992.

SABATIER (Robert), *Diogène*, Paris, Éd. Albin Michel, 2001

SLOTERDIJK (Peter), *Critique de la raison cynique*, Paris, Éd. Christian Bourgois, 2000.

*À lire absolument !

*Je tiens à remercier tous ceux qui ont contribué
à la réalisation de ce modeste ouvrage. Un grand merci à vous tous :
Denise Lieux, Caroline et Fabien Cluzel, Sophie Pralong,
Szu-ju Yang, Éric Varray, ainsi que la Nouvelle-Zélande,
les habitants d'Akaroa
et tout particulièrement la famille Bradley.*

*Une grande pensée aussi pour Diogène de Sinope qui m'a éclairé sur
la condition humaine et à Mère Nature pour sa force, sa beauté et sa générosité.*

Vous pouvez contacter l'auteur d'*Éric Brampton* à l'adresse :
lecriduchien@hotmail.fr

Cet ouvrage a été imprimé
par l'imprimerie des Deux-Ponts (38)
pour le compte des Éditions ThoT
3, quai du Drac - 38600 Fontaine - France
Dépôt légal : octobre 2010